故说《诗》者,不以文害辞,不以辞害志。以意逆志,是为得之。

——孟子

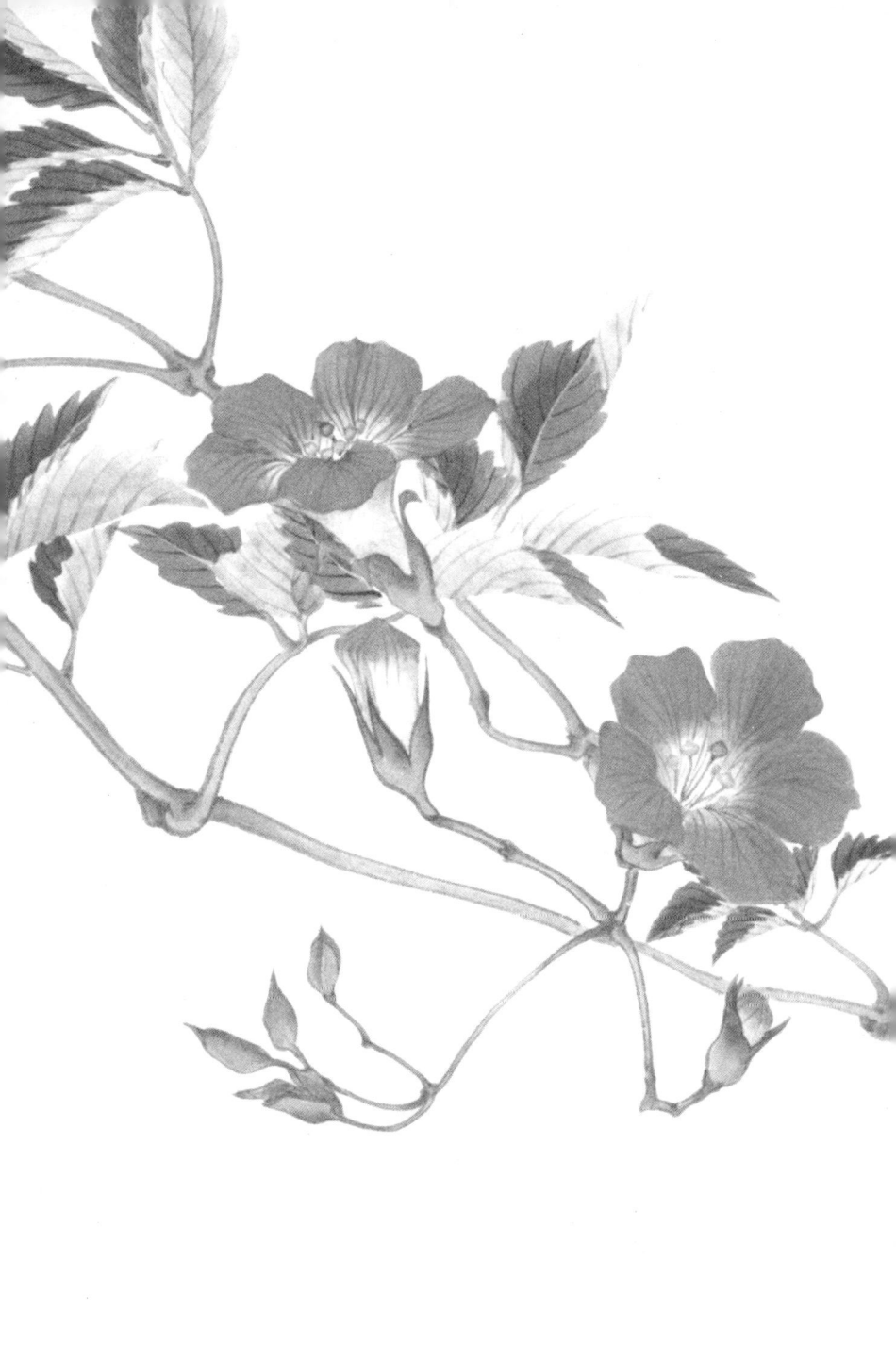

# 詩經沉香

吴梅影 著

浙江古籍出版社

图书在版编目（CIP）数据

诗经沉香 / 吴梅影著 . -- 杭州 : 浙江古籍出版社 , 2020.4（2022.4 重印）
ISBN 978-7-5540-1734-0

Ⅰ . ①诗… Ⅱ . ①吴… Ⅲ . ①《诗经》—诗歌研究Ⅳ . ① I207.222

中国版本图书馆 CIP 数据核字（2020）第 048593 号

## 诗经沉香

吴梅影 著

| 出版发行 | 浙江古籍出版社 |
|---|---|

（杭州体育场路 347 号　电话 : 0571-85068292）

| 网　　　址 | https://zjgj.zjcbcm.com |
|---|---|
| 责任编辑 | 陈临士 |
| 文字编辑 | 张　莹 |
| 责任校对 | 吴颖胤 |
| 封面设计 | 吴思璐 |
| 责任印务 | 楼浩凯 |
| 照　　　排 | 杭州立飞图文制作有限公司 |
| 印　　　刷 | 浙江海虹彩色印务有限公司 |
| 开　　　本 | 850×1168 mm　1/32 |
| 印　　　张 | 8.75 |
| 字　　　数 | 210 千字 |
| 版　　　次 | 2020 年 4 月第 1 版 |
| 印　　　次 | 2022 年 4 月第 2 次印刷 |
| 书　　　号 | ISBN978-7-5540-1734-0 |
| 定　　　价 | 36.00 元 |

如发现印装质量问题，影响阅读，请与本社市场营销部联系调换。

# 序

◎谭伦华

人类从成为人的那时起,便产生了语言,于是,人与动物区别开来;人类从觉得语言不敷使用的那时起,便创制了文字,于是,文明与蒙昧区别开来。有了文字,语言就呈现出两种表达形式——以语音为媒介,用于听说的口语;以文字为媒介,用于读写的书面语。有了书面语,言语行为和经验智慧就可以记录,可以总结,可以更广泛地传播。目前所知,最早的汉字是发现于殷墟的甲骨文,最早的汉语书面语应是甲骨卜辞。

跟口语在空气中转瞬即逝的特点不同,无论是刻、铸、书,书面语都会留下物理痕迹。考古研究表明,早在3000多年前,毛笔就已经成为书写工具,留在竹简或木片上的文字,便可以进行推敲琢磨、修改润色。口语和书面语的进一步完善,就会自然产生文学语言。

古代先民在群体劳动中,"杭育杭育"的节奏,再配上顺口的词语,古代歌谣就出现了。"断竹,续竹,飞土,逐宍(肉)。"(《弹歌》)让今天的我们还可以真切地感知到远古的狩猎场面。这是诗歌的生活源头。

《诗经》的作品带着原始歌谣的基因,又经过文学语言的整理、加工、提炼,于是从一开始便有了跟其他文学样式不一样的区别性特征。无论是采诗还是献诗,当古代诗歌与汉字有了完美的邂逅之后,《诗经》

便华丽登场，成为我国第一部诗歌总集，也是第一部文学作品集。

《诗经》是押韵的。305篇中除《周颂》《商颂》有7篇无韵外，其余298篇都表现着多种多样的用韵格式。《诗经》创制了以隔句句尾押韵为主的体式，一章之内，韵数可以一韵到底，也可以换韵。句尾押韵，能够加强同一声音的循环往复；隔句押韵，使得吟诵错落有致，张弛有别；再加上双声、叠韵、叠字的运用等，增强了诗歌的韵律美。

《诗经》是讲究排比对偶的。把两个或几个结构相似、意义相关或相对的句子排列在一起，在强化韵律的同时，增强了诗歌的对称美。

《诗经》的基本形式是四言。四言成句，构成两个双音步，使得诗歌节奏分明，适合诵读。受其影响，以致后来的启蒙读物如《千字文》《百家姓》都采用了这样的句子形式。

无论是押韵、排比、对偶，还是四言两拍等音韵特点，被《诗经》的整理者表现在诗中，一直规范着后来的诗歌创作。甚至后来介于诗歌和散文之间的"赋"和以四字六字相间成句、注重对偶声律的"骈文"，我们也不难发现《诗经》排偶的影响。这是源于口头的自然流畅、韵律协调、节奏明快，更是根植于民族审美的价值取向。

我国有"诗歌国度"的美誉。在今天，读着《诗经》，回看汉魏以降的诗歌成就，一句熟悉的诗句到了嘴边："问渠那得清如许？为有源头活水来。"（朱熹《观书有感》）

《诗经》中的作品，距离现在最近的也有2600多年了，但却依然鲜活地存在于我们的文化中。

在G20杭州峰会文艺晚会上，我们听见了稚嫩的童声合诵着"呦呦鹿鸣,食野之苹。我有嘉宾,鼓瑟吹笙",借周王欢宴宾客的《小雅·鹿鸣》,表达了中国对世界的热情友好。

在婚礼上,我们听见了新人们深情的誓言:"执子之手,与子偕老。"(《邶风·击鼓》)虽是断章取义,也算花好月圆。

遇见一位美丽的女孩子时,你会不会想起"手如柔荑,肤如凝脂,领如蝤蛴,齿如瓠犀。螓首蛾眉,巧笑倩兮,美目盼兮"(《卫风·硕人》)?

踏青时看见一片盛开的桃花,你会不会想起"桃之夭夭,灼灼其华"(《周南·桃夭》)?

据不完全统计,现代汉语中源于《诗经》的成语有300个左右,常用的近200条。成语作为一种固定词组,形式简练精美,内容丰富生动,具有极强的表现力,是汉语的精华。这是《诗经》丰富汉语词汇、美化汉语表达的贡献。

《诗经》除了文学、史学等价值外,对语言学也有着巨大贡献,就是保留了一份鲜活的上古汉语语料。结合语言发展的普遍规律,从其用韵,可以拟构上古汉语的语音系统;从其遣词,可以研究上古汉语的词汇构成;从其造句,可以分析上古汉语的语法规律。前修时贤在这方面已经作出了突出贡献,随着对《诗经》语料的更进一步研究,必将会有创新成果不断涌现。

《诗经》所表现的题材,一般认为有史诗、政治诗、婚恋诗、劳动诗、战争诗五类。其中最具特色,数量也极多的,当数婚恋诗。"国风"有160首,其中的婚恋诗超过了三分之一。跟《诗经》比起来,现代的"撩妹"手段简直"弱爆了"。开篇就说这个:

关关雎鸠，在河之洲。窈窕淑女，君子好逑。

参差荇菜，左右流之。窈窕淑女，寤寐求之。

求之不得，寤寐思服。悠哉悠哉，辗转反侧。

参差荇菜，左右采之。窈窕淑女，琴瑟友之。

参差荇菜，左右芼之。窈窕淑女，钟鼓乐之。

《周南·关雎》

喜欢一个女孩子，怎么办？不能仅仅是白天晚上的单相思，在"求之不得"的被动状态下，也不能只是"辗转反侧"的失眠，得想办法讨好她。听音乐，会是个不错的选择，如果自己会玩点乐器，那就更方便了。

有年轻读者，想多学几招，建议去读《王风·采葛》，教你怎么说肉麻的情话；去读《唐风·有杕之杜》，教你以请吃饭的名义接近对方；去读《郑风·溱洧》，教你约对方出去旅游，顺便送束花；去读《王风·大车》，教你如何运用激将法，怎么发毒誓；去读《召南·摽有梅》，教你追求真爱要趁早；去读《郑风·遵大路》，教你拉手拽袖子；去读《郑风·褰裳》，教你如何吃醋，顺便给对方一个假想敌；去读《召南·野有死麕》，教你关键时候别犹豫……

《诗经》的研究或解读，从战国至今，未有间断。或讲义理，或重训诂，代有名家名作。灿烂的《诗经》以及汗牛充栋的研究成果，在象牙塔里光芒四射。毋庸讳言，由于汉语的发展，古今汉语有了较大的变化，除非专门研究者，一般读者即使有兴趣拓展阅读，也会被生僻的汉字、深奥的词旨所困扰。

"小子何莫学夫《诗》？《诗》，可以兴，可以观，可以群，可以怨。迩之事父，远之事君，多识于鸟兽草木之名。"（《论语·阳货》）如何让《诗经》继续并充分发挥其巨大的文化建设功能，梅影女史做了一件非常有意义的工作。

中国学界素来有"文史哲"不分家的传统，研究文学的，必须结合史实，阐发哲理。研究史、哲的同理。作者在解读《诗经》作品时，紧紧结合商周之交到春秋中叶大约500年的那段中国历史，结合周王朝的政治、军事、经济制度，下探后来同题材、同手法的中外文学，甚至可以讲到传承至今的人情风俗。比如在讲《生民》《公刘》《皇矣》《绵》《思齐》《文王》《下武》等作品时，理出了后稷、公刘、古公亶父、王季、文王、武王的历史传承脉络。

梅影是女士，是学者，是作家。女性的感知，细腻而优美；学者的态度，严谨而务实；作家的思维，形象而生动。由女性学者型作家来解读《诗经》，读者的感觉应是耳目一新。她能够编故事，让"采诗官"有了"文质彬彬"的形象，有了采、记、改、编的具体动作。她可以在严谨地介绍"四书五经"，引入《诗经》后，突然抒发出一段优美的感慨。

> 把生活吟咏成诗，又在诗中生活：听花儿说话，向落叶轻叹，看白云流泪，观青山展颜。时序经由任性星星的眨眼，春秋更于顽皮草虫的鸣唱，高高矮矮的树木合语欢歌，五彩斑斓的小鸟写着同一首诗……为每一条道路寻找一个出口，为每一条河流、每一座山

取一个温暖的名字。知道我和你,人世的相遇不是偶然,每一刻都值得彼此好好珍惜。仿佛初来乍到,睁着我们天真无邪的眼。这,就是《诗经》带给我们的美丽中国啊!

《诗经》的研究一路走来,成果丰硕。初学者面对大量的文献,从何下手?从汉代的《毛诗》至今,《诗经》的主要研究成果,都在本书中有了评介。因此,这也可以看作是一部研究《诗经》的入门读物。

另外,全书各节标题均采用三字句,以《尚书·尧典》"诗言志,歌永言,声依永,律和声"总领,并采用《诗经》中的句子如"思无邪""扬之水""摽有梅""振振兮"等来说诗,十分恰切,饶有新意。

梅影女史其人其解读,正所谓:有诗心者,方有诗笔;有诗笔者,必有诗心。希望读者朋友展卷,能够和她一样,一觞一咏,充分领略《诗经》带给我们的——美丽中国。

是为序。

# 目 录

## 诗与《诗经》

正而葩 …………………………… 3

思无邪 …………………………… 7

诗言志 …………………………… 13

歌永言 …………………………… 18

声依永 …………………………… 22

律和声 …………………………… 27

风雅颂 …………………………… 33

## 大雅之声

苕之华 …………………………… 39

笃公刘 …………………………… 45

诒孙子 …………………………… 51

於缉熙 …………………………… 58

醉言归 …………………………… 62

岁其有 …………………………… 69

鹭于飞 …………………………… 75

振振鹭 …………………………… 82

## 小雅轻吟

旨且多 …………………………… 89

信南山 …………………………… 93

夜未央 …………………………… 99

都人士 …………………………… 104

雨无正 …………………………… 110

何人斯 …………………………… 116

## 万邦齐颂

绥万邦 …………………………… 123

娄丰年 …………………………… 129

思无疆 …………………………… 133

鼓咽咽 …………………………… 138

## 风从周来

| | |
|---|---|
| 胡不喜 | 147 |
| 溱与洧 | 152 |
| 将仲子 | 157 |
| 夏之日 | 162 |
| 扬之水 | 168 |
| 嗟予子 | 173 |
| 殷其雷 | 178 |
| 隰有杨 | 184 |
| 卢令令 | 190 |
| 之子归 | 195 |
| 冬之夜 | 200 |
| 曷至哉 | 207 |
| 麟之趾 | 213 |
| 美如玉 | 218 |
| 摽有梅 | 224 |
| 山有枢 | 230 |
| 螽斯羽 | 237 |

不素餐 …………………………… 244

　　绳绳兮 …………………………… 249

　　胡不归 …………………………… 253

**唯有诗情真国色**………………………… 259

**参考文献**………………………………… 263

**附　录**…………………………………… 265

# 第一章　诗与《诗经》

蒹葭苍苍,白露为霜。

所谓伊人,在水一方。

溯洄从之,道阻且长。

溯游从之,宛在水中央。

# 正而葩

翻开《诗经》，读到一派天真烂漫。

那么好的山川、草木，那么多的鸟兽虫鱼，那么清明清朗的天空、大地、江河、湖海："凤凰于飞""蚕月条桑""野有蔓草"……读着这些，生为中国人，我们感到自己是多么幸福。"诗三百"，中华民族诗情的滥觞，在这里，混沌初开，万物始发，人们天真无邪，自由自在歌唱，随性随心，无挂无碍。歌儿，口口相传，母亲唱给孩子，老爷爷唱给孙儿。某一天，朝廷里来了采诗官，这个文质彬彬的君子，他说，唱得真好呢，我记下来吧。

于是歌儿分了类，根据所来地，有了齐风，有了卫风，有了豳风……有了十五国风。某年某天，即时即景，他，又记下了冠冕堂皇的雅诗与颂歌。来自原原本本的生活：民间、朝廷与宗庙，加上采诗官的一点点修正改造，诗歌，就这样流传下来了。风，来自民间的天籁；雅，大雅小雅，"雅奏""雅乐"，属于阳春白雪；而颂歌，在任何时代都需要，都不会少：祈丰年，祭祖宗，颂扬先人和今上，颂扬认为值得颂扬的德行。

不过，颂歌，有温文尔雅、雍容大方的，也有值得敬畏、大气磅礴的，还有深情款款、令人肉麻的。

历朝历代不会少。历史就是镜子,诗歌也是镜子。

不说也罢。

经过了很多很多的年岁,五百年沧桑悠悠。到了春秋时期的某一天,据说孔老夫子灵犀一点,他把前人采集的诗,增删修订,坏的不要,好的斟酌字句,顺结构,理文意,正音律——因为是诗歌,当然是可以唱的啊,集在一起,不多不少三百零五篇,定名为《诗》,又称《诗三百》[①]。

因为它的好,因为它的天籁无匹,《诗》,成为后世的经典。即是说,《诗》,和《书》《礼》《易》《乐》《春秋》一道,成为中华民族的儒学经典。《诗》作为六经之首,专称《诗经》。后《乐》失传,只余五经,与四书(《大学》《中庸》《论语》《孟子》)一起,总称四书五经,是后来读书人的专门教科书。

这么说吧,《诗经》,当为那一个特定时间段中,千百年里,中华民族集体智慧的结晶,而非某个人、某一家之专著[②]。

《诗经》,是人们发自内心的歌唱,歌唱属于人的生活,身边的美好,生命里值得记住的物、事、人,感动的某些个瞬间,最真最美的"我"和"你"。

---

[①] 司马迁《史记·孔子世家》:"古者诗三千余篇,及至孔子去其重,取可施于礼义者。""三百五篇,孔子皆弦歌之,以求合韶、武、雅、颂之音。"

[②] 《汉书·艺文志》:"古有采诗之官,王者所以观风俗,知得失,自考正也。"《汉书·食货志》:"孟春三月,群居者将散,行人振木铎徇于路以采诗,献之太师,比其音律,以闻于天子。"东汉何休《春秋公羊传解诂》卷十六:"男女有所怨恨,相从而歌。饥者歌其食,劳者歌其事。男年六十、女年五十无子者,官衣食之,使之民间求诗。乡移于邑,邑移于国,国以闻于天子。"总之,有作诗说、采诗说、献诗说、删诗说,但均无可靠证据,亦无定论。《诗经》应该是千百年里中华民族集体智慧的结晶。

括楼

它,存在于过往,存在于现在,也将永存于我们的内心,人类之将来。

把生活吟咏成诗,又在诗中生活:听花儿说话,向落叶轻叹,看白云流泪,观青山展颜。时序经由任性星星的眨眼,春秋更于顽皮草虫的鸣唱,高高矮矮的树木合语欢歌,五彩斑斓的小鸟写着同一首诗……为每一条道路寻找一个出口,为每一条河流、每一座山取一个温暖的名字。

知道我和你，人世的相逢不是偶然，每一刻都值得彼此好好珍惜。仿佛初来乍到，睁着我们天真无邪的眼。这，就是《诗经》带给我们的美丽中国啊！

不管汉时的《毛诗序》、宋代的理学家朱熹如何牵强附会，说"关雎"赞扬影射"后妃之德"，美教化，颂功绩，我们耳畔，总会想起韩愈老夫子掷地有声的话语："《诗》，正而葩。"

正而葩。

一朵坦坦荡荡、正正大大、艳丽美好的牡丹花。

# 思无邪

任何事理，文、物、人，成为经典，就会在时间中，渐渐被神化或妖魔化。

《诗经》也一样。

千百年来，它被曲解，被误读，被林林总总的"大师"解构，在不同的时代，作不同的诠释；它被需要着，又被利用着。

> 关关雎鸠，在河之洲。窈窕淑女，君子好逑。
> 参差荇菜，左右流之。窈窕淑女，寤寐求之。
> 求之不得，寤寐思服。悠哉悠哉，辗转反侧。
> 参差荇菜，左右采之。窈窕淑女，琴瑟友之。
> 参差荇菜，左右芼(mào)之。窈窕淑女，钟鼓乐之。

以这首人们最为耳熟能详的《关雎》为例，来看看千百年来，它走过的路，得到的种种正解与曲解。

而今，我们看到这首诗，确定无疑地，它是在说，看到水中小岛上"关关"鸣叫、双双对对的鸠鸟，触动了心底的情思，想念心中好姑娘，辗转反侧，寤寐思服（翻来覆去睡不着，早也想来晚也想）。

细小的某一物，某一个意象，鸠鸟、月亮、杨柳——"关关雎鸠""东方之月""杨柳依依",它触动我们心中最为柔软的东西,让我们喜,让我们悲,让我们浮想联翩。

在诗歌的手法上,这就叫"兴""起兴"——简单地说,就是触物起兴,即景生情。

诗歌,离不开兴。

比如,汉乐府《孔雀东南飞》开头吟咏:"孔雀东南飞,五里一徘徊。"以"孔雀"起兴,传达难忍离别的情绪,也暗示故事强烈的悲剧色彩。孔雀依依在五里,其意有二:第一,五里亭是彼时迎宾送客的场所,是最为显著的离别地界标志;第二,既为话别之地,也使得"五里"一词蕴涵着依依不舍、徘徊顾恋之意。孔雀东南飞,依依"五里"不去,孔雀之美,五里之伤,咏歌成强烈对比。虽是寥寥数笔,白描场景,却说出了胸中千言万语。李白说:"黄河之水天上来,奔流到海不复还。"借黄河起兴,他在感叹人生无常,时不我与,劝世人及时行乐。

这就叫诗歌,这就叫诗味。

至于比和赋,很简单,比就是打比方,赋就是直陈其事。

此外,还有比与兴的结合,比兴。比如,"桑之未落,其叶沃若""桑之落矣,其黄而陨"既是兴,也是比。

孔子身后,关于《诗经》最早最完整的解读,分成了四派——汉初,传授《诗经》的主要是这四家:一是鲁国人申公,一是齐国人辕固,一是燕国人韩婴,但是这三家著作除《韩诗外传》,均已不存;另外一家,也就是《诗经》解读史上的唯一"学霸"级大师,《毛诗故训传》三十卷——由大毛公毛亨、小毛公毛苌所传,详细解读注解《诗经》。可以说,如果没有《毛诗故训传》三十卷,也就基本不会有后来我们看到的《诗经》;如果没有大小毛公的解读,我们也很难读懂《诗经》,特别是其中的《雅》和《颂》部分。这本书,堪称一部《诗经》专门词典。后世,把大小毛公所传下来的《诗经》称为《毛诗》(因为其唯一性,我们今天说《诗经》,指的就是《毛诗》;而说《毛诗》,亦便是《诗经》)。

现存的《毛诗》每篇都有一个题解,叫作"小序"。《关雎》一篇的序文尤其长,既作《关雎》的题解又概论全诗,称为大序。

这个大序,是怎么解说《关雎》的呢?我们来看。

"《关雎》,后妃之德也,风之始也,所以风天下而正夫妇也。故用之乡人焉,用之邦国焉。风,风也,教也,风以动之,教以化之。"①

忍不住用《鄘风·柏舟》中的那句叹一声"母也天只!不谅人只"(老天爷啊我的妈啊!不体谅我啊!)。

心中的歌唱,成了颂德与教化的武器。

尔后,历代解读、研究《诗经》者颇多,较著名的有:

汉·郑玄《毛诗传笺》。郑在《毛诗》说诗的基础上,做了很多重要的、有益的、不可或缺的注释、补充与发挥,可以说,因了郑玄,《毛诗》才真正成为经典。

---

① 《诗大序》:诗者,志之所之也,在心为志,发言为诗,情动于中而形于言,言之不足,故嗟叹之,嗟叹之不足,故咏歌之,咏歌之不足,不知手之舞之足之蹈之也。情发于声,声成文谓之音,治世之音安以乐,其政和;乱世之音怨以怒,其政乖;亡国之音哀以思,其民困。故正得失,动天地,感鬼神,莫近于诗。先王以是经夫妇,成孝敬,厚人伦,美教化,移风俗。

三国·吴·陆玑《毛诗草木鸟兽虫鱼疏》。由书名即知，这是一本《诗经》研究的名物学专著。

唐·孔颖达《毛诗正义》。孔在毛、郑的基础上，进一步整理、补充与深研，形成《毛诗》的定本，也就是我们今天见到的《诗经》的面目。

宋·朱熹《诗集传》。《诗集传》，简称《集传》，共二十卷，为《诗经》的经典研究著作。朱熹将《诗经》作为理学的教材，认为读《诗》应"章句以纲之，训诂以纪之，讽咏以昌之，涵濡以体之，察之情性隐微之间，审之言行枢机之始，则修身及家、平均天下之道，其亦不待他求而得之于此矣"。（《诗集传·序》）意思是说，他希望读《诗》者通过熟读讽咏、即文求义的做学问、求真知的方法，从一词一句入手，认真体味涵咏，明白诗中有美丑善恶，从而警诫自己从善弃恶；明白诗中有三纲

荇菜

五常的"天理",从而抑制自己情胜欲动的"人欲",以达到"修身齐家治国平天下"的目的。

清·王夫之《诗经稗疏》、马瑞辰《毛诗传笺通释》、王先谦《诗三家义集疏》、姚际恒《诗经通论》、胡承珙《毛诗后笺》、陈奂《诗毛氏传疏》、方玉润《诗经原始》,近人闻一多《诗经新义》《诗经通义》等。这些著作基本上是从训诂入手解读、研究《诗经》的。

后人为了研究、叙述之方便,一般把《诗经》研究史上最重要的三本著作——《毛诗故训传》《毛诗传笺》《毛诗正义》,分别简称为"毛传""郑笺"和"孔疏"。

需要强调的,是继陆玑《毛诗草木鸟兽虫鱼疏》名物研究之后,后世图文并茂的两本著作,一是清·徐鼎所著《毛诗名物图说》,一是十八世纪日人冈元凤《毛诗品物图考》。徐氏教学为业,自幼用心诗经名物,文字细致精微,阐明经义道理;冈元凤身为医家,精通本草,图特别工致准确[①]。

当代较为著名的诗经研究著作有:余冠英的《诗经选》,程俊英的《诗经注析》《诗经译注》,金启华的《诗经全译》,江阴香的《诗经译注》,姚奠中的《诗经选译》,余国庆的《诗经选译》等,以及近年扬之水的《先秦诗文史》《诗经别裁》《诗经名物新证》。

这些著作当中,余冠英的《诗经选》最为优雅好懂,重点在白话今译的朗朗上口,讲解的通俗平易,语言的浅近明了;程俊英的《诗

---

① 见扬之水,《诗经名物新证·诗:文学的,历史的》。

经译注》最为全面细致,既有翻译,更有注释,亦不废毛、朱两家的观点及前人主张;扬之水的《诗经名物新证》有独到发扬:在前人笺注与七十年考古成果结合的基础上,注重名物的研究,并以物说诗,以物证诗。

# 诗言志

总结起来，对《诗经》的研究与解读，无非有两派，一派是《毛诗故训传》（特别是其"诗序"）、朱熹《诗集传》继承并光大之义理派，郑玄的思想主张亦可算其中重要一员。这一派注重诗的道德、寄托、教化、美刺的功用："故正得失，动天地，感鬼神，莫近于诗"（《诗大序》），"莫不从化""备观省而垂监戒耳"（朱熹《诗集传》）。关于《毛诗序》，其作者大部分已不可考，应该和《诗经》一样，是那个时代众多解读研究《诗经》者集体的贡献。一般认为，解说文字除少数几篇可信以外，大部分不可信。但是《毛诗》说诗的体系，特别是《毛诗序》，对后人的影响非常大。古人作诗、写文章用典都爱用里面的解释："而诗序毕竟保存了关于《诗》的若干古老的认识，无论如何仍是读《诗》的一个很有意思的参照，即使我们在很多问题上全不同意它的说法。"（扬之水：《先秦诗文史·诗无邪》）

翻看朱熹集注的《诗经》，左也"后妃之德"，右来"文王德化"，《诗》被解说得冠冕堂皇、呆板呆滞，就失去了"诗味"，一点也不好玩了。[1]

---

[1] 朱熹，《诗集传序》："诗者人心之感物，而形于言之余也。心之所感有邪正，故言之所形有是非。惟圣人在上，则其所感者无不正，而其言皆足以为教。"

不过，公正地看，流传至今的明清刻本，朱熹集注，被称为《紫阳诗经》的，是迄今公认最美的《诗经》。朱熹所注所解虽重义理，讲寄托，强调教化，却不乏真知灼见，有其作为儒者在学术上的精益求精。也就是说，其态度的端严、史料的谨严、行止的威严，自然不可全盘否定、等闲视之。

一个有意思的细节，观朱熹集注之《诗经》，常常可以看到："此诗不知所谓，不敢强解。"可见，虚怀若谷，老先生还是有。另一个细节是，《唐风·采苓》，注释"采苦采苦，首阳之下"曰："苦，苦菜也。生山田及泽中，得霜甜脆而美。"颇具人情，完全不是后世神化的那个板着面孔、只会做"政治思想工作"的道貌岸然的老夫子。况且，如果没有毛、郑、孔、朱等前人《诗经》研究所做的这些烦琐又细致的工作，就不会有后来缤纷灿烂、继往开来的局面。

另外一派是在《毛诗故训传》字义解释基础上，也就是《诗经》词典层面基础上，郑玄作笺注解基础上，并经陆玑《毛诗草木鸟兽虫鱼疏》而发扬的、到清代达到鼎盛的训诂派。由于清代对知识分子思想的禁锢、钳制，以及文字狱等原因，解说《诗经》和其他经典，无非就是切瓜般地从文辞入手，整出个脉络分明，事无巨细。之前所引诸多清人著作譬如王夫之、姚际恒、马瑞辰、王先谦，无一不是这样：重训诂，作注释，理词义，求章法；讲草木，道虫鱼，言鸟兽，说山川，不做思想上的发挥引申，也基本不做道德评判。

于此两方面，孙机先生的讲解最为清楚："自汉迄清，对《诗经》的研究大体上总不外讲义理与重训诂二途。讲义理者或遵《诗序》，标榜褒贬美刺；或废《诗序》，宣扬天理人欲，各持一端。其说解常借题发挥，而与《诗》之本身若即若离。重训诂者或将整首诗饾饤分割，虽对一词一事的解释谨慎精审，但对全诗的意义却往往置之弗论。不过纵使如此，两千年来的《诗经》研究毕竟为我们留下了一大笔宝贵的遗产。简言之，今人虽拥有前所未有的有利条件，又可以占有两重证据，却仍不能不通过训诂和考证的方法，先认识《诗》中提及之事物的性状，继而由表及里，探讨其隐显的指喻，再从时代背景和人事际遇上，联系贯通，理清诗旨。也就是说，仍然要在前人已取得的成就的基础上，再作横向的扩展和纵深的开掘。"（扬之水：《诗经名物新证·序》）

两面都能兼顾的，以清人钱澄之的《田园诗学》为上，申自己主张，又曲尽物理，体贴人情，亲切有味。

值得一提的是，清代云南人方玉润的《诗经原始》，虽重视训诂考证，但不盲目依从《毛诗序》、朱熹解、他人说，回到从诗的本身解诗。

现当代的人，有丰富的资料，有好的环境，做出了不小的别样贡献。"扬之水同志的《新证》则在这方面做了认真而扎实的工作。所用的方法似乎相当传统，但却汇集了一大批崭新的发掘资料，这是由现代中国七十年田野考古的成果所提供，而且多数已经发掘者做过不同程度的

鸠

甄别和考订。此书从容选取，用以说诗，使之互相印证，互为表里，不少盘根错节的问题遂涣然冰释。读者不难发现，过去相当费解的诗篇，出现在此书中时，已从分歧和茫昧中浮现出来，背景明朗，形象具体，诗意也显出它原有的活泼与清新了。"（孙机：《诗经名物新证·序》）

苓、甘草

"诗意也显出它原有的活泼与清新了"，就是回归到诗的本来面目。通过解读，让人们知道什么是《诗》、诗歌。

但是，当今的解读，特别是白话今译，也有一个不好的现象，就是跌掉了《诗经》中举手投足的从容优雅和文辞的典丽端凝，《诗》，变得口语化，甚至打油化了。我们来读一读，《关雎》的翻译：

> 雎鸠关关在歌唱，在那河中小岛上。
> 善良美丽的少女，小伙理想的对象。
>
> 长长短短鲜荇菜，顺流两边去采收。
> 善良美丽的少女，朝朝暮暮想追求。
>
> 追求没能如心愿，日夜心头在挂牵。
> 长夜漫漫不到头，翻来覆去难成眠。

善良美丽的少女，弹琴鼓瑟表爱慕。

长长短短鲜荇菜，两边仔细来挑选。
善良美丽的少女，钟声换来她笑颜。

这还是你我心中情思悠悠、正大雍容的《诗》吗？

纵观《诗》所走过的轨迹，其实，自它离开民间，被吟诵、传唱、再创造，走向贵族与士大夫的书桌起，它就有了别样的意义：所谓"附庸风雅"，所谓"教化"与"德化"，所谓它诗史的作为，所谓它的"兴观群怨"[①]，根本就不可能仅仅是俚俗的山歌了。"诗言志"啊！因而，很多研究者认为，诗是不可以翻译的。读诗，读书，要去读经典、读原作，读《诗经》《论语》《道德经》本身，真正读进去——

"可是，有些书籍的实质和形式是分不开的，你要了解它，享受它，必须面对它本身，涵泳得深，体味得切，才有得益。譬如《诗经》，就不能专取其实质，翻为现代语言，让学生读'白话诗经'。翻译并不是不能做，并且已经有人做过，但到底是另外一回事；真正读《诗经》还得直接读'关关雎鸠'。"（叶圣陶：《读〈经典常谈〉》）

可以这么说，对诗歌而言，形式，便是它的肢体语言；而语言，就是诗歌的生命。形式与内容，两者不可分割。

---

[①] 《论语·阳货》："子曰：'小子何莫学夫《诗》？《诗》，可以兴，可以观，可以群，可以怨。迩之事父，远之事君，多识于鸟兽草木之名。'"《周礼》："太师教六诗，曰风，曰赋，曰比，曰兴，曰雅，曰颂。"

# 歌永言

《诗》的时代不再，而《诗》却一点一滴地浸润着百姓的生活，切近而弥远，源远而流长。

在寻常生活的某个瞬间，不经意中，我们就和《诗》相遇。

母亲，给自家女孩儿取名"姝"（shū），来自《诗经》：静女其姝。母亲，是希望女儿做一个既安静又美好的女子：知书达理，温柔敦厚。

一个小小姑娘名"芃"（péng），来自《诗》："我行其野，芃芃其麦。"期望万物、生命如同春之麦苗，在野外，生发，萌动，蓬蓬勃勃；亦暗含赞许许穆夫人"载驰载驱"为祖国奔走的勇敢坚定。

小小女孩名"婉"，清扬婉兮——一个好女子的美姿容翩然若前。

某天，我们遇到了一个男子，脑子里冒出来一句："赳赳武夫，公侯干城。"我们知道，我们心里，是在赞美这个男子的雄壮勇敢，但是什么样的形容，能比得上这《诗经》句子的妥帖周到呢？

我们说"振振君子，归哉归哉"，大约是在思念心中那个奋

发有为的、远在他乡的、美好的人儿吧？他离开了，心却留在这边。

我们说"风雨如晦，鸡鸣不已"，我们说"它山之石，可以攻玉"，我们说"如切如磋，如琢如磨"，我们说"鹤鸣九皋"，我们说"凤凰于飞"，我们说"维南有箕"，我们说"与子偕老"，说"扬之水""殷其雷""摽（biào）有梅"……

我们不怎么读《诗经》了吗？不是的，不是的。《诗》已经融进我们的生命和血液中了，从远古来，从祖先来。

换了人间。换了人间。

而生活、民间，依着《诗》里的秩序、依着自有的秩序有条不紊：譬如生之庆典与喜悦，譬如红白喜事，譬如爱情的得到与失去、快乐与忧伤……我们在其中，享受着农历的年节，遵循着民间的习俗，懂得长幼有序，明了世态人情——"不忮（zhì）不求，何用不臧（zāng）？""棘（jí）心夭夭，母氏劬（qú）劳。"从诗歌那里，从亲长那里，知道筷子要怎么用，懂得站有站相、坐有坐相，学会衣服要怎么洗，明白"开水萝卜冷水瓜"……诗歌、民间，以其养分滋养着我们，使我们来到世上走一遭，有着自己的声音，有着自己的内容，有着自己的感情、光芒与色彩，我们是中国人哪。

中华民族，是爱美的民族，长于抒情，兼于叙事和说理。

从诗三百篇到楚辞、乐府民歌、汉赋，然后是唐诗、宋词与元曲，一点点地，从民间滥觞的抒情文学，草木本心，葳蕤蓬勃——"欣欣此生意，自尔为佳节"，人们以美的诗词歌赋吟咏生活，也把生活写成了诗。

诗意地生活，这诗意，包含着诗歌特有的音乐性、艺术之精神。文

雎

学艺术，到了一定层次，都指向音乐、指向诗。这诗意，亦顺着诗歌自有的脉络，由上层，由天上，慢慢地落入凡尘、市井。

是的，慢慢地，由民间来，而后上升到中上层，慢慢地，又回归市井凡俗。

回归到生活本身：我们的一举手一投足，都用我们的符号标明，我们是中国人；我们爱美，我们爱诗；我们和自然万物和睦相处；我和你，相亲相爱,安长幼、守伦常,知书明礼。

好比今夜,让我们打开泰戈尔《飞鸟集》,细细来读。

1922年翻译《飞鸟集》,郑振铎先生这样引用:

"我们所以爱他,就是因为他不拒绝生命,而能说出生命之本身的。"

"他的诗正如这个天真烂漫的天使的脸:看着他,就知道一切事物的意义,就感到和平,感到安慰,并且知道真正相爱。"

感到和平,感到安慰,并且知道真正相爱。

这就是《诗》、诗歌带给我们的。

# 声依永

如果读者打开中国古代历史演义小说《东周列国志》，会看到一段鲜活且惊心动魄的历史。

从"周宣王闻谣轻杀"讲起，讲到秦强大崛起、一统山河，五百多年岁月沧桑，血流漂橹，人命草芥。

看到秦将白起坑赵兵四十余万，看到易牙杀了自己幼儿，蒸熟送给齐桓公吃，只觉得，天地洪荒，山河失色。

春秋战国，礼崩乐坏，王权旁落，海内数百个小国占地为王，你打我杀，谁的拳头硬谁说了算。尔后，战国七雄"齐楚燕韩赵魏秦"相继强大，再以后，这些国家，又陆续被秦所灭，并终以秦的统一落幕："隳（huī）名城，杀豪杰，收天下之兵，聚之咸阳，销锋镝，铸以为金人十二，以弱天下之民。"（贾谊：《过秦论》）同样地，翻开《诗经》，可以读到周初建国的筚路蓝缕，宣王东征的夙兴夜寐，《郑风》

匏

中人民富庶康健，《豳（bīn）风》中周之先人于豳地的劳动歌唱，《卫风》中庄姜、宣姜的绝世容颜及卫宣公的寡廉鲜耻，《秦风》里士卒的剽悍勇武……《诗》，就是史。

是活生生的有韵的历史。

《诗经》所反映的从西周初年到春秋中叶五百多年的历史，可以算是整个《东周列国志》之前的历史。这样讲吧，在秦以前的先秦诗文史上，真正意义上的史学或者说跟史密切相关的文学著作有《春秋》《尚书》《国语》和"春秋三传"（《左传》《公羊传》《穀梁传》[①]），还有《战国策》以及《老子》《论语》《庄子》等，这些著作以叙事、夹叙夹议或者语录体、寓言体为主，比较严肃。《东周列国志》是后人创作的小说性质的作品，故事情节跌宕起伏，细节描写绘声绘色，有它娓娓动人、耐人寻味的韵致。而《诗经》，是诗，是韵文，除了在历史长河中记录当时人们的生产、生活活动外，它还具有朗朗上口、便于传颂的特点，它以艺术的精神维持一种文雅的生活情趣，所以更容易被人们接受，也更多地作用于百姓的日常生活。在举手投足之间，交往顾盼之间，很多的诗句，约定俗成，成为成语。

当时用，今天也用，只要是中国人，将来也一定会用。

比如"夙兴夜寐"，《现代汉语词典》这样解释："夙兴夜寐：早起晚睡，形容勤劳。"但光懂意思不够，我们还要知道它来自《诗》。

---

[①] 孔子所修史书《春秋》言简义深，如无注释，则无法真正理解。这三本书是对《春秋》的注释，均为编年体史书，其中《左传》影响最深。

在《诗经》中,这个词语出现了很多次:

> 三岁为妇,靡室劳矣。
> 
> 夙兴夜寐,靡有朝矣。
> 
> 《卫风·氓》

我给你当了多年的老婆啊,天天辛苦操劳。起早贪黑,累死累活,不是一朝一夕啊。用了"夙兴夜寐",加上句中用韵,韵脚在"劳/朝",以及四字句末"矣"的反复,整个诗意就显现出来了,便于记诵,易于流传。

> 题彼脊令,载飞载鸣。
> 
> 我日斯迈,而月斯征。
> 
> 夙兴夜寐,毋忝(tiǎn)尔所生。
> 
> 《小雅·小宛》

看那小鹡(jí)鸰(líng),飞来飞去叫得多清脆。我却天天奔波,你也月月出行。早起晚睡忙不停,不要辱没了父母的英名。

振鹭于飞，于彼西雝(yōng)。

我客戾止，亦有斯容。

在彼无恶，在此无斁(yì)。

庶几夙夜，以永终誉。

《周颂·振鹭》

白鹭成群展翅飞，在西边的大泽上啊。我的贵客光临了，您有像白鹭一样洁白的容光。您在自己的国家没有人怨恨，在我这里受到隆重的欢迎。望您日夜勤勉，永远得到人们的称赞。

前者力劝兄弟在乱世中奋力而行，后者称颂贵客的形容和美德，如果以史的笔法来写，就没了这样的生动；如果以小说的笔调来写，情节太复杂，不易朗读和记诵。

只有诗歌，才具有这样的功效。

而《诗经》中，这样的用法，这样的成语，比比皆是：

夙夜在公——《召(shào)南·采蘩》："被之僮僮(tóng)，夙夜在公。"早晚都从事公务。形容忠于职守，勤于政事。"养蚕妇人的发髻啊，高高耸，日日夜夜操劳啊，没空闲。"

又《召南·小星》："夙夜在公，寔(shí)命不同。"早晚都从事公务啊，人的命运是那么的不同。

不忮(zhì)不求——《邶风·雄雉》："不忮不求，何用不臧？"忮：嫉妒。不忮：不嫉妒，不贪得。不嫉妒不贪求，到哪里会不顺当呢？

深厉浅揭——《邶风·匏(páo)有苦叶》："深则厉，浅则揭。"

厉：涉水。揭：提起衣裳。意谓涉浅水可以撩起衣服过去；涉深水，撩衣也无用，干脆连衣下水。因以"深厉浅揭"泛指涉水过河要顺应形势，亦比喻做事要因时因地制宜。

其甘如荠（jì）——《邶风·谷风》："谁谓荼苦，其甘如荠。"郑笺："荼诚苦矣，而君子于己之苦毒又甚于荼，比方之荼，则甘如荠。"荠：荠菜。后以"甘之如荠"谓心中乐意为之，虽有如荼之苦，犹甘如荠。

浩如烟海，取之不竭。我们应该珍惜《诗》这份宝贵的遗产，"学而时习之"，传承，记诵，永宝爱。

# 律和声

  《诗》，起初本是音乐和文字合一的。就是说，最初，它一定是可以唱的，就像宋词，有词牌，即是有乐调，可以唱。《诗经》中的"风"依着一定的调子，由所来地的不同，分为各种调调。曲有特色，文辞又美[1]。而"二雅"，大雅和小雅，特别是颂，专门谱曲，可以唱诵之外，还配合着舞蹈的编排，且唱且舞[2]。

  在岁月中，《诗经》慢慢剥离并失去了它的音乐成分。好比一个调色板上，主调的颜色——文字的力量增强了。最终，文字的部分，独立出来，有了自己的独特的文学意义上的审美。

  这个文字，靠着内在的韵律节奏，被我们与仍然具有外在音乐符号的歌分开了来，称为"诗"。

---

[1] 程俊英，《诗经译注·序》："古人所谓'风'，即指声调而言。《郑风》，就是郑国的调儿，《齐风》就是齐国的调儿，都是用地方乐调歌唱的诗歌。好像现在的申曲、昆腔、绍兴调一样，它们都是带有地方色彩的声调。"

[2] 程俊英，《诗经译注·颂》："颂是宗庙祭祀的乐歌，不但配合乐器，用的是皇家的乐调，而且带有扮演、舞蹈的艺术。它和风、雅不同，风、雅只清唱，歌辞有韵，声音短促，迭章复唱。颂诗有一部分无韵，由于配合舞步，声音缓慢，也不分章。"

它是人类最初的歌唱,简单而明快,凝练而纯朴,以四言为主,杂以其他。《诗经》中的诗,少到一字叹息,多到七八字不等,如《郑风·缁(zī)衣》:"敝,予又改为兮",《魏风·陟(zhì)岵(hù)》:"父曰:嗟",《魏风·伐檀》:"胡瞻尔庭有县特兮",但总体上属于四言诗。整本诗集,以四言为主调,根据感情需要,长短交织,高低错落,加之反复的吟唱,为以后的诗词歌赋发展奠定基础。

尔后,诗歌从四言到五言到七言,到律诗严格的格律规定,到词的长短句的复沓,到曲的错错落落,依然是依着其内在的韵律在发展。

这个内在的韵律,正所谓"有韵为诗,无韵为文"。

诗歌中的这个"韵",就像嵌入中华民族血脉里的汉语声音遗传密码,其中有着我们的"气场""风水""讲究",也只有我们中国人,才能真正理解并心领神会汉语中声音的节奏、旋律,感受低沉喑哑与明亮高亢的水乳交融。

比如,古汉语以单音节词为主,但为配合韵脚,《周南·关雎》里就有"雎鸠""参差""辗转"等双声字的运用。又如,《诗经》惯用复沓和叠句,循环往复,朗朗上口。《王风·采葛》中反复咏叹"一日不见,如三月(秋、岁)兮",《秦风·蒹葭》更是将此手法运用得出神入化。再如,《诗经》中不断重复叠用的咏叹词"兮":"子之汤兮,宛丘之上兮。洵有情兮,而无望兮。"(《陈风·宛丘》)与其说这是强调和感叹,不如说是在唱歌,歌唱生命,歌唱人生,一唱三叹,回环

葛

不已。①

　　总之，诗歌的韵律，就是为了方便吟唱，体现美：音韵美，节奏美，语言美，诗意美，和谐美。复沓的章法，灵活的句式，丰富的词汇，也

---

① 程俊英，《诗经译注·前言》："《诗经》的韵律，是比较和谐悦耳的。在声调方面，有双声、叠韵、叠词、复句之妙，有顶真、排比之变，有兮、矣、只、思、斯、也之声。这些，都加强了诗的音乐性。在用韵方面，也是比较复杂而又自由的。好在王力同志的《诗经韵读》已经问世，读者可按古音去读《诗经》，一定是音节铿锵，和谐优美的。"

都是为了体现诗歌的这诸多之美,实现吟诵的朗朗上口和听觉上的悦耳美妙,产生如许回味,如许隽永。

如,《汉广》,四字句"汉之广矣""江之永矣",反复咏唱,层层叠加,章章深入。其复沓的吟咏,被姚际恒评为:"三章一字不换,此方谓之'一唱三叹'。"

一唱三叹。

让我们再来看两个例子:

江有汜(sì),之子归,不我以。

不我以,其后也悔。

江有渚(zhǔ),之子归,不我与。

不我与,其后也处。

江有沱(tuó),之子归,不我过。

不我过,其啸也歌。

《召南·江有汜》

嘒(huì)彼小星,三五在东。

肃肃宵征,夙夜在公,寔(shí)命不同。

嘒彼小星,维参(shēn)与昴(mǎo)。

肃肃宵征,抱衾与裯(chóu),寔命不犹。

《召南·小星》

前诗通过三字句反复吟唱,特别以三字和四字句交替使用,体现一种错错落落的韵律美。

后者则全是四字句，两章之间，笔断意连，有着诗歌内在的勾勾连连。

正李白所谓："兴寄深微，五言不如四言，七言又其靡也。"（孟棨：《本事诗》）

诗或物、或人，要美，一定要有一种内在的神情与光彩。这内在的神情和光彩，我们把它称为诗味。

方文山词、周杰伦曲并演唱的《青花瓷》，是这样的：

> 素胚勾勒出青花笔锋浓转淡
> 瓶身描绘的牡丹一如你初妆
> 冉冉檀香透过窗心事我了然
> 宣纸上走笔至此搁一半
> 釉色渲染仕女图韵味被私藏
> 而你嫣然的一笑如含苞待放
> 你的美一缕飘散
> 去到我去不了的地方
> ……

很美，因它有诗味。

又比如："昔我往矣，杨柳依依。今我来思，雨雪霏霏。"朱光潜先生说："如果把它译为：'从前我去时，杨柳还在春风中摇曳；现在我回来，已是雨雪天气了'总算可以勉强合于'作诗如说话'的标准，却不能算是诗……译文把原文缠绵悱恻、感慨不尽的神情失去了"，"'摇曳'

只是呆板的物理,而'依依'却带有浓厚的人情。"(朱光潜:《诗论》)

这个"神情"很重要,就是"诗味"、浓厚的人情。

因而,不管韵律如何严整,格律如何讲究,诗,没有"诗味",没有"神情",就不能称为诗。其作为诗的内在的精神——诗的神情,才是诗歌里顶顶重要的。我们读泰戈尔,他的《飞鸟集》《新月集》,并不一定分行,长长短短,字数可多可少;或许是翻译的缘故,也并不讲究格律,但是谁能否认它是诗呢?

《诗经》也一样。它自有内在的诗意,这诗意,从生活中来,又比生活更凝练,是我们中华民族的史和诗。作为史的诗,和作为诗的史,它的那份神情,那份光彩,那正大从容的内外兼修的美,无论是叙事的简练、手法的多样、内容的博大、感情的雍容,还是生活的清朗明净,都烙有鲜明印记,不可取代,一读便知道是它,是诗。

是善,是美,是爱;是悲悯,是感动,是情意;有哀伤,有喜悦,有神采。

# 风雅颂

《诗经》中的诗歌,分为三个大类,就是"风""雅""颂"[①]。

"风""雅""颂"和"赋""比""兴"一起,称为诗之六义[②]。

具体而言,"风""雅""颂"这三者是指诗歌形式,"赋""比""兴"这三者是指诗的表现手法。

不过,这样讲,绕来绕去,很多人还是弄不明白,初初拿到《诗经》来读,都觉得难。

那么,我们不妨换种思维方式?

比如说,把自己想成采诗官,或者编诗的孔子,问题或许就会迎刃而解。

拿到一大堆诗的材料,是不是要先分个类?那么自然地,有关国家的重量级的祭祀与庆典:祷告神明、祭天地、祭祖宗、祭父母的庙堂之音,正大庄严的乐歌和祭词[③],是不是要放一块?

这部分《诗经》中年代最早的诗,绝大部分成诗于西周初年,因为

---

[①] 郑樵,《六经奥论》:"风土之音曰风,朝廷之音曰雅,宗庙之音曰颂。"

[②] 《毛诗序》:"故诗有六义焉:一曰风,二曰赋,三曰比,四曰兴,五曰雅,六曰颂。"

[③] 《毛诗大序》:"所谓美盛德之形容,以其成功,告于神明者也。"

其题材的严肃,时代的久远,生活的距离,最难懂,可以说佶屈聱牙,古董斑驳。不过,亦不乏正大雍容、威严庄重。《颂》一共四十篇,其中《周颂》三十一篇,《鲁颂》四篇,《商颂》五篇。

而当时上层的贵族日常,在干啥?干些啥?

且慢,在"生活"之前,有个序曲,先要追述、歌唱大周创始人的丰功伟绩,创业的艰难不易,抚今思昔,忆苦思甜,然后开始——宴(《诗经》中作"燕")饮、打猎、征战,需要奏乐、歌唱,送往迎来……到了西周晚期,很多"君子"忧国忧民,感世,伤时,喟叹,哭喊,追思祖宗英烈,痛斥朝廷昏庸。这些,是主旋律。有时追忆过去;有时骂骂领导(统治者);有时心中情丝缕缕,也抒个情,唱几句歌儿。这些比较少,是生活的点缀。

最简单的联想类比,就是看看今天土豪在干啥,就明白当时上层在玩啥了。不过玩归玩,今人,既然是土豪,有钱,但比较"土",比较俗;古人,比较"风"和"雅",有个礼数在里头。

玩得好的,日积月累,约定俗成,就成了诗,记载并流传下来。

尔后的读书人,有点身份的人士,到一定场合,不说两句《诗》中的言语、句子,附庸一番《风》《雅》,简直都不叫个事儿了。

言归正传,朱熹说:"正小雅,燕飨之乐也;正大雅,朝会之乐,受釐陈戒之辞也。故或欢欣和说(读'悦'音),以尽群下之情;或恭敬齐庄,以发先王之德。"就是说,在什么场合,诵什么样的诗歌,演奏什么样的曲子,是有礼数、有规定的。

正所谓《乐记》所说:"广大而静,疏达而信者,宜歌《大雅》。

恭俭而好礼者，宜歌《小雅》。"

"广大而静""恭俭而好礼"中，亦有着奢华。这叫阳春白雪，和普通老百姓的生活天差地远。

《雅》有《大雅》《小雅》，合称"二雅"。其中《小雅》七十四篇，通俗点讲，是贵族生活的吟唱；《大雅》三十一篇，替朝廷发声，代表国家形象。

《诗经》中最大分量的，占据最大比重的，就是《风》。

《风》，要怎么来形容呢？就是自由自在，发自内心的歌唱。劳动的时候，我们唱："坎坎伐檀兮，置之河之干兮"；想念一个人，我们唱："一日不见，如三秋兮"；赞美心中好姑娘，我们唱："有女同车，颜如舜华"；谴责那个负心汉，我们唱："既生既育，比予于毒"；结婚嫁娶时，我们唱："乐只君子，福履将之"；生儿育女，我们唱："宜尔子孙，振振兮"；想念亲人，我们唱："陟彼南山，言采其薇"；天人永隔，我们唱："绿兮衣兮，绿衣黄里"……

霞可餐，薇可采，白石可煮。

《风》中，最动人的，莫过于它无拘无束地歌唱爱情，歌唱心中的春天，歌唱古中国人民生命中最美最真的青春与过往、永不能忘的忧伤与惆怅。

回到"我"的青春年代，"我"想要用那桃花般的颜色，裁成一条美丽的裙子；"我"想要遇到一个，桃花颜面的好姑娘，

檀

把她来爱,把她娶回家:"桃之夭夭,灼灼其华。之子于归,宜其室家。"

因为它的好,撇开《毛诗序》与朱熹说攻讦"郑、卫之乐,皆为淫声"啥的,孔子说了一句公公正正的话:"《诗三百》,一言以蔽之,曰:'思无邪。'"

思无邪,诗无邪——《风》,是《诗经》中内容最丰富、涵盖地域最广、题材最多样、表现手法最为千姿百态的诗。《风》,它包含十五地的诗歌,合称"十五国风",也就是指周南、召南、邶(bèi)、鄘(yōng)、卫、王、郑、齐、魏、唐、秦、陈、桧(huì)、曹、豳这十五个地区采集上来的土风歌谣,共一百六十篇。

因为地域与音乐、风土与人情的不同,一百六十篇中,周南、召南是周公和召公所封采邑以及受其德化的地域的诗歌,排在《诗经》的起首。

第一首,就是我们最为熟悉的《关雎》:"关关雎鸠,在河之洲。"

第二章 大雅之声

笃公刘,匪居匪康。

乃埸乃疆,乃积乃仓;

乃裹糇粮,于橐于囊,思辑用光。

弓矢斯张,干戈戚扬,爰方启行。

# 苕之华

李白诗:

> 大雅久不作,吾衰竟谁陈?
> 王风委蔓草,战国多荆榛。
> 龙虎相啖食,兵戈逮狂秦。
> 正声何微茫,哀怨起骚人。
> 扬马激颓波,开流荡无垠。
> 废兴虽万变,宪章亦已沦。
> 自从建安来,绮丽不足珍。
> 圣代复元古,垂衣贵清真。
> 群才属休明,乘运共跃鳞。
> 文质相炳焕,众星罗秋旻。
> 我志在删述,垂辉映千春。
> 希圣如有立,绝笔于获麟。

《古风》

在诗人心中,大雅代表着一个逝去的美好的时代:在那个时代,王者有威,平民有尊严,生活安宁美好;又代表着一种端正雍容的表达,一种诗歌当中的王者之音。

"王者之迹熄而《诗》亡","风流总被雨打风吹去",风流,存在于《诗》之中,只是,多么令人伤感,"大雅久不作","王风委蔓草",苕(tiáo)之华,凌霄花儿,已经凋零。

《大雅》,大音希声,在《诗》里,它是诗,又是史,以简洁凝练的字句,诉说着中华民族的发端、过往。

《大雅·生民》,完全以叙事的方式——就是《诗经》中"赋"的手法,道出后稷(jì),这位中华民族农人的祖先,怎么出生,怎么长大;怎么播种,怎么耕种;怎么引领我们的民族繁衍生存、生生不息。

它是长篇史诗,却十分凝练。

平铺直叙,不动声色。

叙述了中华民族历史上带有神话色彩的后稷的母亲、帝喾的妃子姜嫄(yuán),结婚后渴望生子,虔诚祈祷,踩到了神的脚拇指印,因而怀胎,生下后稷。

事出诡异,姜嫄心神不宁,丢弃后稷。可是,丢在小巷里,牛羊喂奶给他吃,爱护他;丢在树林里,刚好樵夫砍柴经过,救了他;丢到寒冰上,大鸟展翅温暖他;大鸟飞走了,他的哭声真响亮,惊天动地彻四方。

接着,以下的这段叙述最为精彩——

诞实匐匍,克岐克嶷(qí yí),以就口食。
蓺之荏菽,荏菽旆旆(pèi)。
禾役穟穟(suì),麻麦幪幪(méng),瓜瓞唪唪(dié fēng)。

诞后稷之穑，有相之道。

茀厥丰草，种之黄茂。

实方实苞，实种实褎(yòu)。

实发实秀，实坚实好，实颖实栗。

即有邰(tái)家室。

诞降嘉种，维秬(jù)维秠(pī)，维穈(mén)维芑(qǐ)。

恒之秬秠，是获是亩。

恒之穈芑，是任是负，以归肇祀。

用大白话讲来，是这样的：

后稷刚会四处爬，又聪明来又乖巧，找东西吃有本领。

不久就能种大豆，大豆苗壮又茂盛。

种了禾粟穗沉沉，麻麦旺盛没杂草，瓜儿累累果实成。

后稷耕田又种地，辨明土质有办法。

茂密杂草全除去，挑选嘉禾播种好。

种子吐芽露新苗，禾苗窜出往上冒。

拔节抽穗渐结实，谷粒饱满成色佳，禾穗沉沉收成好。

定居邰地真美妙。

上天关怀赐良种，秬子秠子是良黍，穈子高粱也都全。

遍地秬子和秠子，收割堆垛忙得欢。

穈子高粱遍地生，扛着背着运仓满，忙完归来祭祖先。

《毛诗序》说:"《生民》,尊祖也。后稷生于姜嫄,文、武之功起于后稷。故推以配天也。"

这句话的意思是:《生民》,是周人赞颂尊贵的祖先后稷的篇章。姜嫄生下后稷,没有他,就没有后来的文王、武王建立大周的丰功伟绩。后稷的才德与天齐名,与地同光。

"稷",百谷之长也,所以帝王举稷为谷神;"社",土神也。祭祀社稷,君王之祭祀。后用"社稷"代表国家。《大雅·生民》中,讲到好多种中华民族古往今来一直在吃的粮食,有"荏菽":大豆;有"禾":谷子;有"麻麦":麻和麦;有"秬":黑黍;有"秠":一个壳里双粒的黍;有"穈":谷子的一种;有"芑":高粱的一种;有"实":各种作物;有"瓞":瓜。特别是"旆旆、穟穟、幪幪、唪唪"这些形声字的使用,增强了诗歌的音乐性,有节奏,有韵律,有生命,仿佛春夏禾苗"沙沙沙"你争我夺拼命生长抽穗的声音,读起来非常美,易于记诵。

满是农家丰收的喜悦哪。

"赋""比""兴",是《诗经》中最为主要的三种艺术手法。朱熹说:"赋者,敷陈其事而直言之者也。"简单地说,"赋"就是叙述和描写,还可以抒情、议论,它是《诗经》中涵盖面最为宽广的一种艺术手法。

"赋"的手法,特别是议论的用法,在《二雅》中最多,可说比比皆是。如东晋谢安最为赞赏的:"无竞维人,四方其训之,有觉德行,四国顺之。吁(xū)谟(mó)定命,远犹辰告。敬慎威仪,维民之则。"(《大雅·抑》)这段诗的意思是,没有人可以跟他相比啊,那位贤德而有才能的人,四

荏菽

方诸侯纷纷来归顺。君子的德行多么正直无私,天下都仿效他、听从他。他作出远大的决定,制定正确的方针,按时颁布出去。他敬慎而威严,是人民言行的楷模。

这些说明和议论口吻的句子为什么是诗呢?不仅仅因为四字句的押韵顺耳,更重要的是,它把忠君爱民、威严赫赫、为国为民的臣子的心曲款款传出,就是写出了大臣的端方雅正的精神,也就是《雅》的精神。

《雅》的精神，那既从容又庄严典雅又温柔平和的美好的精神。

《诗经》中最为著名的两首叙事诗，纯用"赋"的手法写成，一是这首《大雅·生民》，一是《豳风·七月》，都是反映生产劳动的。

长篇的叙述徐徐展开，是其时农家生活的一幅幅画卷，又是我们汉民族永恒的史诗。诗意，来自劳动本身，又通过诗歌的铺叙吟诵展开并升华传远。

# 笃公刘

一个家族的兴盛,往往,需要一代、甚至几代人的不懈努力,更何况,建立一个赫赫大国呢?

周王室的发轫,起于后稷。后稷为姜嫄所生,姓姬,因为曾被丢弃,所以没有名字,人们称他为"弃",或者"姬弃"。"后稷"是远古农官的官名,大致相当于现在的"农业部长"。"弃"青史留名,"后稷",自然而然成了他的专用名字。也难怪,"民以食为天",后稷地种得好,又能为大家改良种子和农具,对农业生产发展贡献大,相当于今日的袁隆平,大家都喜欢他崇拜他欢迎他。他这一支渐渐兴盛。

后稷被商封于邰(今陕西武功县及其周边),好几代人住在那里。

以后,儿子和孙子都没有什么大出息,一直到了公刘,又值得周之史书大书特书。

公刘是后稷隔了好几代的后人,起初住在父亲留下的地方(已经离开邰,到了更西边,从扬之水说),后来因为被夏桀欺负,走投无路,躲到了依山傍水的豳地(今甘肃宁县至陕西彬县一带)——后人总要给祖宗涂抹一点光彩,说成筚路蓝缕、艰苦创业的榜样和楷模。

《诗》到了《绵》,"绵绵瓜瓞,民之初生"(你看那大瓜小瓜藤蔓长啊，周族人民初兴盛），是古公亶（dǎn）父继承家业。农人嘛，难免和邻居吵个架、争块地的。古公亶父生活的豳地，是少数民族杂居地，民风剽悍，他常常被周围戎狄欺负，没有办法，迁移到了岐山下（今陕西西部岐山县）。

因为后稷当年受封于邰，为当地老大，也算是贵族，所以子孙再落魄，亦是有地位、有封号的，需要有继承人继承他的荣光。就像西洋文学里落魄的"公爵""侯爵"一样，钱没了，骑士风度犹存。

古公亶父也一样，虽然混得不怎么样，但好歹要确立继承人。他有三个儿子，长子太伯，次子仲雍，少子季历（姬季历，也叫王季历、王季，周朝称王以后，自然就加上了"王"。古公亶父被尊为"太王""大王"）。季历的儿子姬昌，贤而多才，太王看上了他。好比野史记载，康熙传位于雍正，是因为看上了乾隆弘历。太伯和仲雍知道父亲的心事，出走吴地（江苏一带），位子让给了王季。尔后，王季之子姬昌光大了祖宗的事业。（据《韩诗外传》）

姬昌贤德有才，善于笼络人心，卧薪尝胆，坚韧奋发。商纣时，继承父亲王季事业的他，被尊为西伯侯，即西部诸侯之长，亦称西伯昌——小说《封神演义》对这段历史演说得有声有色。

姬昌建国于岐山之下，在位期间，收附虞、芮两国，攻灭黎（今山西长治）、邘（今河南沁阳）、崇（今河南嵩县）等国，建都丰邑（今陕西西安鄠邑区一带）——《大雅·文王有声》："既伐于崇，作邑于丰。"

武王即位，迁都镐（hào）京（今陕西西安）。丰邑和镐京，一个在沣河的西岸，一个在沣河的东岸，合称"丰镐"。所以，新中国成立后发掘的西周都城和墓地遗址,被称为"丰镐遗址"。

成王五年,周公(姬旦)奉命东征,营建洛邑(今河南洛阳),是为东都。尔后周室衰微,平王东迁,洛邑成为正式都城。平王东迁至秦统一的一段历史,史称"东周"。

文王姬昌,励精图治,为武王灭商奠基。他在位五十年,本已为翦商大业做好充分准备,但未及出师便先期死去。公元前1046年,周武王姬发继承父亲遗志,灭商建国,追尊姬昌为文王。

《诗经》关于周王朝的史诗,《大雅》之中,篇幅众多。它是顺着后稷、公刘、古公亶父、王季、文王、武王及其家人的轨迹在歌颂,依次为《生民》《公刘》《皇矣》《绵》《思齐》《文王》《下武》等。

笃公刘,匪居匪康。
乃埸(yì)乃疆,乃积乃仓;
乃裹糇(hóu)粮,于橐(tuó)于囊,思辑用光。
弓矢斯张,干戈戚扬,爰方启行。

笃公刘,于胥斯原。
既庶既繁,既顺乃宣,而无永叹。
陟则在巘(yǎn),复降在原。
何以舟之?维玉及瑶,鞞琫(bǐngběng)容刀。

笃公刘,逝彼百泉,瞻彼溥(pǔ)原。
乃陟南冈,乃觏(gòu)于京,

京师之野，于时处处，于时庐旅，

于时言言，于时语语。

笃公刘，于京斯依。

跄跄济济，俾筵俾几。

既登乃依，乃造其曹。

执豕于牢，酌之用匏。

食之饮之，君之宗之。

笃公刘，既溥既长，既景乃冈。

相其阴阳，观其流泉。

其军三单，度其隰原，彻田为粮。

度其夕阳，豳居允荒。

笃公刘，于豳斯馆。

涉渭为乱，取厉取锻。

止基乃理，爰众爰有。

夹其皇涧，溯其过涧。

止旅乃密，芮鞫之即。

忠厚我祖好公刘，不图安康和享受。

划分疆界治田畴，仓里粮食堆得高；

揉面蒸饼备干粮，大袋小袋都装满，大家团结争荣光。

佩起弓箭执长矛，盾戈斧钺都拿好，向着前方开步走。

忠厚我祖好公刘，察看豳地谋虑周。

百姓众多紧跟随，民心归顺多舒畅，长吁短叹一扫光。

忽登山顶远远望，忽下平原细细瞅。

身上佩带什么宝？美玉琼瑶般般有，鞘口玉饰光光亮。

忠厚我祖好公刘，沿着溪泉岸边走，广阔原野漫凝眸。

登上高冈放眼量，发现京师好地方，

京师四野多肥沃，在此建都美无俦，快快去把宫室修，

又说又笑喜洋洋，七嘴八舌乐悠悠。

忠厚我祖好公刘，定都京师立鸿猷。

犒宴群臣威仪盛，入席就坐觥筹错。

宾主依次安排定，先祭猪神求吉祥。

圈里抓猪做佳肴，葫芦瓢儿斟美酒。

酒醉饭饱皆欢喜，推选公刘做君长。

忠厚我祖好公刘，开垦豳地广又长，丈量平原又上山。

山南山北勘察忙，查明水源与水流。

组织军队分三班，勘察低地开深沟，开荒种粮治田畴。

再到西山仔细看，豳地确实广又大。

忠厚我祖好公刘，营建宫室在豳原。

横渡渭水开石料，捶石锻石任取求。

块块基地治理好，民康物阜笑语稠。

皇涧两岸人住下，面向过涧住处宽。

移民定居人口密，河之两岸都住满。

《大雅·公刘》

几首诗，大多以叙述的笔调，缓缓道来，周朝几代人奋斗的艰辛、创业的不易，明亮而温暖，昂扬且意气风发，洋溢着浓浓的春意。

诗中，"笃"，之温厚，之淳朴，之诚笃，之凝练，几无词语可以翻译。

# 诒孙子

由一个朝代的衣食住行，往小里说，可以看出其审美走向与社会变迁，往大里说，可以读出兴亡更迭、盛衰弱强。沈从文先生的《中国服饰史》，因而具有特别的意义。

有专家指出，经济好的年份，女人的裙子特别短，因为她们需要炫耀性感；二战期间，民生凋敝，女子买不起长筒丝袜，以笔在腿上画出袜子纹路代之——可见，每一件事情，每一项活动，都具其时代表征。

从周朝的住所、宫室，亦可以看出其由弱小一步步走向兴盛之发展轨迹。

公刘居豳，"于时处处，于时庐旅，于时言言，于时语语"（于是定居建新邦，于是规划造住房，你说我讲喜洋洋，七嘴八舌闹嚷嚷），生活安定而幸福。到了古公亶父，因为迁徙，反而清苦、艰难，"陶复陶穴，未有家室"（挖洞筑穴挡风雨，没有家也没有房）。不过，这次迁岐，可以说，是标志性的分水岭，因了此举，这一支"西土之人"正式命名为"周"，拥有"周原"广大的土地，奠定了王基，写下了王迹。因而，一切的辛苦艰难，于古公亶父，都是值得，亦值得后人铭记与歌颂。

乃召司空，乃召司徒，俾立室家。

其绳则直，缩版以载，作庙翼翼。

捄之陾陾，度之薨薨，

筑之登登，削屡冯冯。

百堵皆兴，鼛鼓弗胜。

乃立皋门，皋门有伉。

乃立应门，应门将将。

乃立冢土，戎丑攸行。

先召司空定工程，再召司徒定力役，房屋宫室始建立。

准绳拉得正又直，捆牢木板来打夯，筑庙小心而翼翼。

铲土入筐腾腾腾，投土筑墙轰轰轰，

齐声打夯登登登，削平凸墙嘭嘭嘭。

成百道墙立时起，喊声赛过击鼓响。

于是建起城郭门，城门高耸入云霄。

于是立起王宫门，正门雄伟气势豪。

于是修筑起大社，戎狄畏我莫敢行。

《大雅·绵》

这蓬勃的、热情的高歌，预示着周室将兴。

到文王，已是蒸蒸日上的大国气象：《灵台》，"经始灵台，经之营之。庶民攻之，不日成之。经始勿亟，庶民子来"（开始着手建灵台，仔细经营巧安排。黎民百姓抢着干，没有多日建好它。建台本来不着急，百姓主动全赶来）。《文王有声》，"筑城伊淢（xù），作丰伊匹"（依着旧河筑城墙，丰邑规模亦相当），一种新生的、清明的、朝气勃勃的气象洋溢诗中。

《毛诗序》说："斯干，宣王考室也。"意思是说，《小雅·斯干》这首诗，是在歌颂宣王宫室落成之美。而我们今日，更愿意把它看成国泰民安环境下，百姓安居乐业的一种发自内心的歌唱。

秩秩斯干，幽幽南山。

如竹苞矣，如松茂矣。

兄及弟矣，式相好矣，无相犹矣。

似续妣(bǐ)祖，筑室百堵，西南其户。

爰(yuán)居爰处，爰笑爰语。

约之阁阁，椓(zhuó)之橐橐(tuó)。

风雨攸除，鸟鼠攸去，君子攸芋(yǔ)。

如跂(qǐ)斯翼，如矢斯棘，

如鸟斯革，如翚(huī)斯飞，君子攸跻。

殖殖其庭，有觉其楹(gǔ)。

哙哙(kuài)其正，哕哕(huì)其冥，君子攸宁。

下莞(guān)上簟(diàn)，乃安斯寝。

乃寝乃兴,乃占我梦。

吉梦维何?维熊维罴,维虺维蛇。

大人占之:维熊维罴,男子之祥;

维虺维蛇,女子之祥。

乃生男子,载寝之床,

载衣之裳,载弄之璋。

其泣喤喤,朱芾斯皇,室家君王。

乃生女子,载寝之地,

载衣之裼,载弄之瓦。

无非无仪,唯酒食是议,无父母诒罹。

涧中流水清复清,林木幽幽终南山。

绿竹苍翠多美好,青松茂密漫山坳。

我兄我弟手足情,同气连根一条心,不欺不诈永相亲。

继承祖业传祖训,盖起房屋千百间,厢列东西或向南。

兄弟一起同居住,亲人团聚笑开颜。

木板夹紧嘎嘎嘎,用力夯土通通通。

从此不怕风和雨,麻雀老鼠都赶光,君子住房多美好。

房屋端正如人立,齐整有如利箭急,

宽广好似鸟展翅,色彩艳丽锦鸡衣,君子登堂心欢喜。

宫中庭院宽又平,庭屋柱子高又挺。

向阳房间光线足，侧边小屋多幽静。君子居住心安宁。

蒲席上面铺竹席，无忧无虑睡得香。

一觉醒来天尚早，占卜夜梦是啥兆。

梦见什么好事情？若是熊罴有喜事，若是虺蛇好运道。

且听太卜把梦讲：黑熊马熊有力量，预示生个男娃娃；

虺蛇长蛇性柔弱，家里定添小姑娘。

若是生个小儿郎，做张小床给他躺，

给他穿上衣和裳，拿块玉璋让他玩。

他的哭声如钟响，将来穿上大礼服，不是国君便是王。

若是生个小姑娘，地上铺席睡木板，

一条小被包身上，拿个纺锤给她玩。

教她说话要柔顺，料理家务多干活，不给爹娘添麻烦。

《小雅·斯干》

读过《斯干》这首诗，知晓"弄璋"与"弄瓦"的来历，需要特别强调，"瓦"是指古代纺线所用的陶锤。

综观《诗》意，我们不应该把"弄璋""弄瓦"看成男尊女卑的封建，倒愿意相信这是诗歌表达的对比映衬的需要，更愿意明白老祖宗传达的来自远古的"男女有别"的信息的可贵。璋，玉也，弄之以璋，希望男孩子具有玉一般的美德，承担家国重任，干一番事业。瓦，陶制纺锤也，弄之以瓦，希望女孩子心灵手巧，学会自食其力。

关于"熊罴""虺蛇"梦的预言，我们今天民间依然相信，相信并期待这样一种美好的预示与暗示。李泽厚先生在《美的历程》一书中写道："人的审美感受之所以不同于动物性的感官愉快，正是在于其中包含有观念、想象的成分在内。美之所以不是一般的形式，而是所谓'有意味的形式'，正在于它是积淀了社会内容的自然形式。""……即是说，在后世看来似乎只是'美观''装饰'而并无具体含义和内容的抽象的几何纹样，其实在当年却是有着非常重要的内容和含义，即具有严重的原始巫术礼仪的图腾含义的。似乎是'纯'形式的几何纹样，对原始人的感受却远不只是均衡对称的形式快感，而具有复杂的观念、想象的意义在内。"

"复杂的观念、想象的意义"，即美好的寄托与希望，我们，也更愿意这样来读《诗》。

一个社会的中上层，必然代表着社会的整体生活水平，引领社会的审美走向，就像宣德青花和雍正粉彩，前者温和柔美，后者高雅明丽，各有千秋，又都那么美，代表了一个时代，更代表着中华民族至高至上的审美感觉。《斯干》所反映的生活细节、房屋构建，全都洋溢着对生活的热爱和对美的追求。这样的美，体现在西周的青铜器、玉器上，更体现在这宫室上，自然、淳朴、温厚、端凝，"乐而不淫，哀而不伤"，是人类早期的、纯真稚拙的、发自内在的童年的欢歌。

全诗从清清的河水与幽幽的大山写起，苍松翠竹，终南形胜，描摹居住环境的幽美，叙人情，美居室，说欢聚，言占卜，谈礼仪，其乐融融。

熊

祈祷子孙绵延，幸福永在。祥和而安宁，美好而欢愉，是一首幸福的小夜曲，更是绵延不绝的中国亲情维系的民间生活的风俗画卷。

# 於缉熙

《二雅》中的诗,因为来自上层,来自贵族阶级,多了些精雕细刻,少了点随心随意。精细的镂刻,意味着注重遣词造句,注重谋篇布局,注重诗所要传达的主旨,也注重规矩与法度。

可见,世间万事,有其不好的一面,自然也有好的一面。《大雅·文王》之所以成为千古名篇,除了它借歌颂周文王以戒成王,表达了重大的政治主题和政治意义之外,它那连珠顶真的修辞技巧,亦为后世文学所借鉴。

这样的用法,造成一种效果,句与句、章与章之间相互衔接与呼应,相互联系与沟通,语义连贯,音调谐和,既有词意上的和谐美,亦有音韵上的协调美。我们来读:

文王在上,於(wū)昭於天。周虽旧邦,其命维新。
有周不(pī)显,帝命不(pī)时。文王陟降,在帝左右。

亹(wěi)亹文王,令闻不已。陈锡哉周,侯文王孙子。
文王孙子,本支百世。凡周之士,不显亦世。

世之不显,厥犹翼翼。思皇多士,生此王国。

王国克生，维周之桢。济济多士，文王以宁。

穆穆文王，於缉熙敬止。假哉天命，有商孙子。
商之孙子，其丽不亿。上帝既命，侯于周服。

侯服于周，天命靡常。殷士肤敏，祼(guàn)将于京。
厥作祼将，常服黼(fǔ)冔(xǔ)。王之荩臣，无念尔祖。

无念尔祖，聿修厥德。永言配命，自求多福。
殷之未丧师，克配上帝。宜鉴于殷，骏命不易！

命之不易，无遏尔躬。宣昭义问，有虞殷自天。
上天之载，无声无臭。仪刑文王，万邦作孚。

文王神灵在天上，在天上啊放光明。大周虽是旧邦国，它的使命在维新。
周之前途大光明，上天意志光万丈。文王神灵从天降，常伴君王之左右。

勤勤恳恳周文王，美好声誉传四方。上天赐他兴大周，文王子孙兴又旺。
文王子孙都兴旺，大宗小宗百世昌。大周所有官臣仆，代代显赫名于世。

代代显赫名于世，行事谨慎又周详。众多贤士与俊杰，生在周邦多幸运。
周邦能出众贤士，全是国家栋梁材。人才济济多兴旺，文王安宁国富强。

恭谨端庄周文王，谨慎光明又善良。上天给他予天命，殷商子孙来归服。
殷商子孙繁衍多，百千万亿难估量。上天给予昭明示，殷商称臣服周邦。

殷商称臣服周邦，可见天命并非常。殷商后人美姿容，臣服于周来助祭。
他来祭祀行灌礼，冠服依然殷时样。成王所有诸臣下，牢记祖德永勿忘。

牢记祖德永勿忘，继承祖宗美德行。顺应天命不相违，要求多福靠自强。殷商未失民心时，能应天命把国享。借鉴殷商兴亡事，国运永昌兴旺旺！

国运永昌兴旺旺，请勿断送你身上。发扬光大好德行，上天示我殷商事。上天意旨多高妙，无声无息难琢磨。学习文王好榜样，万邦诸侯齐瞻仰。

《大雅·文王》

《现代汉语词典》说"顶真"：顶真，一种修辞方法，用前面结尾的词语或句子作下文的起头。例如李白《白云歌送刘十六归山》："楚山秦山皆白云，白云处处长随君。长随君，君入楚山里，云亦随君渡湘水。湘水上，女萝衣，白云堪卧君早归。"表达与朋友相别的依依不舍之情，自己愿意如同那白云一般"长随君"，叮咛缠绕，缠绵婉转。

《文王》也是这样的，词句重叠使用，上一句的结尾，作为下一行的开头，反复叮咛："文王孙子""文王孙子"；"不显亦世""世之不显"；"生此王国""王国克生"；"有商孙子""商之孙子"；"裸将于京""厥作裸将"；"无念尔祖""无念尔祖"；"骏命不易""命之不易"，成一唱三叹、余音袅袅的效果。《大雅·下武》亦是采用这样的手法，一颂文，一颂武，两诗相互承接，有连续性。

诗中，文王告诫子孙"宜鉴于殷"，当"自求多福"，亦可为今日部分政府官员、富家子弟的警醒。

冯友兰先生在他的《中国哲学史新编·自序》里说："中国是古而又新的国家。《诗经》上有句诗说：'周虽旧邦，其命维新。'旧邦新命，是现代中国的特点。"先生是要表达对这个灾难深重的祖国，"苟日新，

旨苕

日日新，又日新"（《大学》）的渴求和希望，同时，也可清晰读出其作为知识分子强烈的使命感、责任与担当。在宗璞的回忆文章里，冯友兰先生于最后的日子里，发出这样的预言和呼唤："21世纪，中国哲学必将大放光彩！"是的，我们坚信，在未来的日子里，中国哲学、中国文学、中国文化，必将大放光彩——也以此，看作是对《文王》一诗的别样解读和美好期许吧。

# 醉言归

《大雅》中有部分诗歌,完全是一篇义正词严的政论文。

仿佛一位须发皆白的老者,面对一群不争气的儿孙,把心掏出来,想要让其改过自新,走回正道,但是说了又说,讲了又讲,口干舌燥,筋疲力尽。心已操碎,还是没有一点用:"多将熇熇,不可救药。"(《大雅·板》)

周朝有周文王的贤德,周武王的威武,周成王的守成,也有周厉王的暴虐。

想想也是,天命无常,世上本无永恒的江山。

《大雅·荡》是一首很有名的诗,诗人虽是讽刺厉王无道,整首诗说的却是商朝的那些事儿,可谓"不著一字,尽得风流"(唐·司空图:《诗品》)。诗中骂商纣祸国殃民,敲骨吸髓,凶暴横强,贪赃枉法,反正变着法子地骂,实际却是在痛斥今上。这种托古讽今的手法,开后世咏史诗的先河。

最有名的莫过于杜牧的《赤壁》:"折戟沉沙铁未销,自将磨洗认前朝。东风不与周郎便,铜雀春深锁二乔。"诗人借"折戟"起兴,托物咏史,追思赤壁之战,感慨周郎得东风助,成全英雄伟业。实际用意却是,暗伤自个胸怀大志,不被重用。

《荡》诗中，除了创作手法为后世承袭外，一些成语的用法，也多为古今政论文所借鉴：

"靡不有初，鲜克有终"（没有人不肯善始，但很少有人善终）——靡：无，没有，和"不"构成双重否定。初：开始。鲜：少。克：能。用以告诫人们，为人做事不要虎头蛇尾，要坚持不懈。

"殷鉴不远，在夏后之世"（殷商镜鉴不为远，应知夏桀啥下场）——鉴：镜子。意思是，殷商如果再这样下去，就是夏桀的下场了。

言外之意，不言而喻。

《民劳》苦口婆心劝谏周厉王不要被奸人蒙蔽，要谨言慎行，安民勤政："无纵诡随，以谨缱绻。式遏寇虐，无俾正反。"（别听狡诈欺骗话，结党营私要警惕。制止暴虐和劫掠，莫将江山轻易丢。）

《板》则借劝告同僚以规劝周厉王，其心昭昭：

上帝板板，下民卒瘅。
出话不然，为犹不远。
靡圣管管，不实于亶(dǎn)。
犹之未远，是用大谏。

上帝昏乱，下民遭殃。
话不像样，决策不良。
无视圣贤，不讲诚信。
政无远见，写诗来谏。

《抑》以一个老臣的口吻，摆事实，讲道理，谆谆告诫为君之人：

要仪表堂堂，品德端方，要坐得端、行得正。不要贪图酒色钱财，要勤于政事，未雨绸缪，"吁谟定命，远犹辰告。敬慎威仪，维民之则"（国计制定，敬告群臣。谨慎持重，为民典范）。

山东济南千佛山兴国禅寺东门外南侧墙上，嵌有十二通碑刻，为清代山东巡抚丁宝桢大楷手书之《大雅·抑》。

清光绪元年（1875）夏，济南太守携纸登门求字，丁宝桢应其要求，楷书《大雅·抑》诗，与其共勉。后被属下勒石刻碑，供世人同瞻。

此诗之诚恳，之惕厉，之良苦用心，堪为天下官员之道德规范与行事准则。要知道，天地悠悠，人在做，天在看，举头三尺有神明，"相在尔室，尚不愧于屋漏"——一个人独处，亦要无愧于心。慎独。

总而言之，在当下物欲横流，贪腐行为屡禁不止的情况下，或许《大雅·抑》所传达的道理，千古之下，依然有着不可磨灭的光辉。

> 质尔人民，谨尔侯度，用戒不虞。
> 慎尔出话，敬尔威仪，无不柔嘉。
> 白圭之玷(diàn)，尚可磨也；
> 斯言之玷，不可为也！
>
> 无易由言，无曰苟矣，
> 莫扪朕舌，言不可逝矣。
> 无言不雠(chóu)，无德不报。
> 惠于朋友，庶民小子。
> 子孙绳绳，万民靡不承。

视尔友君子，辑柔尔颜，不遐有愆。

相在尔室，尚不愧于屋漏。

无曰不显，莫予云觏(gòu)。

神之格思，不可度(shěn)思，矧可射(yì)思！

辟尔为德，俾臧俾嘉。

淑慎尔止，不愆于仪。

不僭(jiàn)不贼，鲜不为则。

投我以桃，报之以李。

彼童而角，实虹小子。

荏染柔木，言缗(mín)之丝。

温温恭人，维德之基。

其维哲人，告之话言，顺德之行。

其维愚人，覆谓我僭，民各有心。

於(wū)乎小子，未知臧否(pǐ)。

匪手携之，言示之事。

匪面命之，言提其耳。

借曰未知，亦既抱子。

民之靡盈，谁夙知而莫成？

昊天孔昭，我生靡乐。

视尔梦梦，我心惨惨。

诲尔谆谆，听我藐藐。

櫻

匪用为教，覆用为虐。
借曰未知，亦聿既耄(mào)。

於乎小子，告尔旧止。
听用我谋，庶无大悔。
天方艰难，曰丧厥国。
取譬不远，昊天不忒(tè)。
回遹(yù)其德，俾民大棘。

试译如下：

安定百姓，守法莫为，以防不测。
谨言慎行，举止端庄，温和可敬。
白璧微瑕，尚可除之；
言语有污，不可挽回！

不要轻言，莫道随意，
没人捂舌，言不可改。
出言必应，有德必报。
惠于朋友，安抚百姓。
子孙谨慎，万民顺服。

对待朋友，和颜悦色，恭敬无过。
在自己家，无愧神明。
休道光暗，无人看清。
神明难料，处处都在，怎可懈怠。

修养德行，使其高尚。
举止谨慎，仪容端正。
不去害人，人多仿效。
给我桃子，回报李子。
胡说造谣，实乱周朝。

坚韧良木，缠丝做琴。
温和谨慎，品德深厚。
明智哲人，告以良言，尊之当宝。

愚蠢糊涂，反而攻讦，人心难测。

呜呼小子，不知好歹。

手把手教，告知道理。

不但面命，还加耳提。

借口未知，已抱儿子。

人有缺点，早知早好。

苍天在上，我不快乐。

看你昏昏，我心闷闷。

教导谆谆，听我嘻嘻。

为了你好，反而笑话。

借口不懂，骂我老迈。

呜呼小子，告你旧典。

听我主张，不会后悔。

上天降难，国家危亡。

前事不远，老天不冤。

不改前非，人民遭殃。

用四言讲来，简洁凝练，清清楚楚，明明白白。

"耳提面命""投我以桃，报之以李"（投桃报李），一为形容教导之谆谆，一为提醒人不可忘恩负义，今天仍然是我们常用的成语。

# 岁其有

《大雅·云汉》,是《诗经》中一曲深沉的悲歌。

天降大旱,草木枯槁,饿殍遍地:"周余黎民,靡有孑遗"(大周的人民啊,已经快要死光了);"赫赫炎炎,云我无所"(烈日炎炎如火烧,哪里还有地方去);"旱既大甚,涤涤山川"(旱灾大矣,山秃河干草木枯)。周王带领文武百官,祈求老天开眼,降下甘霖,给老百姓一条生路。

倬(zhuó)彼云汉,昭回于天。

王曰:於乎!何辜今之人?

天降丧乱,饥馑荐臻。

靡神不举,靡爱斯牲。

圭璧既卒,宁莫我听?

旱既大甚,蕴隆虫虫。

不殄禋(tiān yīn)祀,自郊徂宫。

上下奠瘗(yì),靡神不宗。

后稷不克,上帝不临。

耗斁(dù)下土,宁丁我躬。

今译为:

> 浩瀚银河,星光回旋。
>
> 王叹呜呼!今人何辜?
>
> 天降丧乱,饥馑遍野。
>
> 无神不祭,不吝牺牲。
>
> 圭璧用尽,神灵不听?
>
> 旱既大甚,热气熏熏。
>
> 不停祭祀,从郊到庙。
>
> 祭天祭地,没神不敬。
>
> 后稷无法,上帝不管。
>
> 田地遭祸,灾难降我。

胡兰成的《今生今世·民国女子》说起有一次他为张爱玲读诗,读《诗经》中大雅章,有"倬彼云汉,昭回于天"的诗句,张爱玲说:"啊,真真的是大旱年岁!"

真真的是大旱年岁——这样的疼痛悲伤,这样的锥心蚀骨……这般的口拙词穷,我们。这首诗,任何的文学描摹及言语解读在它面前都是多余,它让我们照见了人类的卑微、渺小,面对大自然摧枯拉朽的毁坏,我们能做的,只有痛哭,只有痛哭。

奥斯卡获奖动画片《狮子王》中,木法沙和辛巴,有一段经典对白:

> 木法沙:一代王朝的兴衰就像这日出和日落。辛巴,总有那么一天。太阳将会随着我的时代的结束而沉落,但会随着你做新国王

而升起。

辛巴：所有这一切都是我的吗？

木法沙：是的，一切都是你的……

辛巴：阳光照到的地方都是我的国度，那背阴的地方呢？

木法沙：那地方在我们的领土之外。辛巴，你切记千万不要到那里去。

辛巴：可是，作为一个国王你可以做你想做的事呀。

木法沙：做一个国王并不意味着什么时候你都可以为所欲为，还有更多重要的事要做。

辛巴：还有更多重要的事？

木法沙：存在于这个世界上的，你所见到的万物之间都有着一种微妙的平衡。作为一个国王，你需要明白这种关系，并且尊重世间万物——无论它们是缓缓爬行的蚂蚁还是跳跃的羚羊。

《狮子王》为什么百看不厌？为什么不止孩童喜欢？为什么它能成为经典？因为它里面有"诗"，有对万物的尊重，有知道自己很多事情做不到、不能去做的自知与自明。

《大雅·云汉》在这个层面上，和《狮子王》不谋而合。在诗里，我们读不到王，读不到高高在上的权力和争斗，却能感到王和凡人一样，在老天爷面前，他是渺小的，

猴

平凡的，也会哭泣，也会祈祷……也感到无能为力。他是活生生有血有肉有感情的"人"啊。在这一刻，我们感到我们和王相通，和天地万物同一，我们都是宇宙中的草芥，我们要敬天，我们要爱民如同爱自己。

诗，因而深深打动我们。

我们，因而深深需要诗。

远古时期，人对自然的认识有限，遇到灾祸，只有祈祷老天开眼，自求多福。翻开《汉书》来看，对灾荒的记载可谓触目惊心：

三月，大雨雪。夏，大水，关东饿死者数以千计。（《汉书·武帝纪第六》）

秋，颍川水出，流杀人民。吏、从官县被害者与告，士卒遣归。（《汉书·元帝纪第九》）

秋八月，有白蛾群飞蔽日，从东都门到枳道。（同上）

蝗灾，大旱，雨雪，水患，地震，山岳崩；死亡，饥馑，瘟疫，残杀，离乱，人相食，不胜枚举。

旻(mín)天疾威，天笃降丧。瘨(diān)我饥馑，民卒流亡。我居圉(yǔ)卒荒。

**老天发威，祸乱严重。降我饥馑，人民流亡。田园荒芜。**

《大雅·召旻》

烨烨震电，不宁不令。
百川沸腾，山冢崒(zú)崩。
高岸为谷，深谷为陵。

哀今之人，胡憯(cǎn)莫惩。

电闪雷鸣，民政不宁。

百川沸腾，山岳崩摧。

高岸变谷，深谷变陵。

当今之人，不知警惕。

《小雅·十月之交》

面对饥饿、恐惧、灾害，人和动物的最大区别，乃是明理、守礼、遵道德、知廉耻、有底线。

心有敬畏，行有所止。

灾害深重，越见本来。

这是人类文明的表现，也是我们的老祖宗，几千年前，在《诗》里告诉我们的。

满怀深情与慈悲，我们来读，《大雅·云汉》：

瞻昂昊天，有嘒其星。

大夫君子，昭假无赢。

大命近止，无弃尔成。

何求为我。以戾庶正。

瞻昂昊天，曷惠其宁？

仰望苍天，微星闪亮。

大夫君子，虔诚祈祷。

大限将近，继续祈祷。

> 非是为我，是为百姓。
>
> 仰望苍天，赐民安宁。

哲学家歌德曾经说过："有两样东西，愈是经常和持久地思考它们，对它们历久弥新和不断增长之魅力以及崇敬之情就愈加充溢心灵：我头顶的星空，和我内心的道德法则。"

透过时空，古和今，中与外，故事与现实，走在了一起。因为，我们是人啊。

让我们仰望星空。

# 鹭于飞

我们如今,见到一个漂亮的男子,想要称赞他,嘴里会冒出很多词语:真帅啊,好酷啊,我被电到了……

反正讲来讲去,就那么些表达,可以说又俗气又浅薄。

倒是民间,会有一些看似乡土实而形象、比较接地气的比喻。比如,云南民间,说一个小伙子长得帅,"一根葱的子弟"——一根葱,直苗苗,水灵灵,绿闪闪,白汪汪;子弟:俊也,俏也,有精神也。

那么,我们的老祖宗,在《诗经》里,要赞美男子,是怎么说的呢?

一个词:"穆如清风"。

怎么样,服了吗?

这就叫诗。

《晋书·列女传·王凝之妻谢氏传》里有这么一段:"王凝之妻谢氏,字道韫,安西将军奕之女也。聪识有才辩。叔父安尝问:'毛诗何句最佳?'道韫称:'吉甫作颂,穆如清风。仲山甫永怀,以慰其心。'安谓有雅人深致。"

这段话是说,魏晋南北朝时候,有一个好女子,名字叫作谢道韫——昔日王谢,皆是大家名门。她的丈夫,名字叫作王凝之,王羲之的儿子。

鹭

她的父亲是安西将军谢奕，叔父是鼎鼎有名的"淝水之战"总指挥宰相谢安。有一天，谢安问子侄辈，《诗经》里面，哪一句最佳？谢道韫迤迤然答道："吉甫作颂，穆如清风。仲山甫永怀，以慰其心。"

谢安说，这句诗，有雅人深致。亦是在夸赞谢道韫不一般。

"雅人深致"：气质和仪态澹澹穆穆。这个男人，清洁美好，如同清风拂过，多么和雅，多么温煦。

轻轻地，如同清风拂过，又如白鹭飞过。

"穆如清风",淡雅安静又美好,什么样的词语,能写得出这样的好男子?什么样的词语,比得上它的凝练与从容呢?让人,回味,凝眸,久久。

《大雅·烝民》,是周宣王时期的名臣尹吉甫送别将要出征的好友仲山甫的诗,属于那个时代贵族的诗词原创。由此,可以看出我们老祖宗的深厚教养、审美水平、道德要求,也可以看出,西周,不愧为我中华文明与中华文化之奠基啊。全诗是这样的:

天生烝民,有物有则。
民之秉彝,好是懿德。
天监有周,昭假于下。
保兹天子,生仲山甫。

仲山甫之德,柔嘉维则。
令仪令色,小心翼翼。
古训是式,威仪是力。
天子是若,明命使赋。

王命仲山甫,式是百辟,
缵戎祖考,王躬是保。
出纳王命,王之喉舌。
赋政于外,四方爰发。

肃肃王命,仲山甫将之。
邦国若否,仲山甫明之。

既明且哲，以保其身。
夙夜匪解(xiè)，以事一人。

人亦有言，
柔则茹之，刚则吐之。
维仲山甫，
柔亦不茹，刚亦不吐。
不侮矜寡，不畏强御。

人亦有言，
德輶(yóu)如毛，民鲜克举之。
我仪图之，
维仲山甫举之，爱莫助之。
衮职有阙，维仲山甫补之。

仲山甫出祖，四牡业业。
征夫捷捷，每怀靡及。
四牡彭彭，八鸾锵锵。
王命仲山甫，城彼东方。

四牡骙骙(kuí)，八鸾喈喈。
仲山甫徂齐，式遄其归。
吉甫作诵，穆如清风。
仲山甫永怀，以慰其心。

天生我人民,万物有法则。
人之有常情,热爱好品德。
上帝审大周,祈祷意诚恪。
为保我天子,生下仲山甫。

仲山甫之德,和气又善良。
仪容多美好,小心又翼翼。
凡事遵古训,勉力维威仪。
顺应天子意,颁令贯政策。

王命仲山甫,做个好榜样,
继承祖先志,辅佐天子忙。
王命授予你,做天子喉舌。
政令达各地,贯彻到四方。

王命多严肃,仲山甫执行。
政事好和坏,仲山甫清楚。
渊博又明理,节操永留芳。
日夜多辛劳,全心为我王。

有句老话讲,
东西吃软的,硬的吐出来。
只有仲山甫,
软的他不吃,硬的他不怕。
不欺负鳏寡,更不畏强暴。

> 有句老话讲,
>
> 品德轻如毛,人鲜能提起。
>
> 细细揣测看,
>
> 只有仲山甫,优点难表达。
>
> 王的龙袍破,仲山甫能补。
>
> 仲山甫出征,四马多威武。
>
> 左右多敏捷,任务记在心。
>
> 四马蹄声响,八铃锵锵锵。
>
> 王命仲山甫,筑城在东方。
>
> 四马奔跑忙,八铃响叮当。
>
> 到齐去平叛,望他早归来。
>
> 尹吉甫作歌,穆然如清风。
>
> 长思仲山甫,唱诗安慰他。

"穆如清风",本意是形容歌儿既肃穆又如清风使人舒爽,亦暗含赞美仲山甫的美好。后世多用后一种含义,以之赞美人和事物的出尘超迈。

"小心翼翼"的用法,变化不大,原指恭敬严肃,现形容做事谨慎小心,不敢疏忽。而"明哲保身",朱熹说:"明,谓明于理;哲,谓查于事。"原指智慧、渊博、明理,可以独善。现指因怕连累自己而回避原则的处世态度。"爱莫能助",原指无法表达、无法穷尽其优点,现指心中关心同情却没办法帮助。

词语，有一个发展变化的过程。

总之，整首诗，塑造了一个忠君爱国、勤政爱民、品德高尚的仲山甫，不欺软怕硬，不自私自利。可以说，他毫不利己，专门利人，真真担得起"穆如清风"四个字——和美如清风化雨滋润大地。

《大雅·崧高》："崧高维岳，骏极于天。维岳降神，生甫及申。"——五岳的嵩山啊高又高，巍巍耸立插云天。中岳嵩山降神灵，生下吕侯是申伯。用高山的伟岸，来形容申伯作为国之栋梁的顶天立地。

《大雅·江汉》则咏到："江汉浮浮，武夫滔滔。"——长江汉水流滔滔，壮士出征逞英豪。让人想到当世那首战歌"雄赳赳，气昂昂，跨过鸭绿江……"，中华好男儿的豪迈与雄情，随之唱响大江两岸。

《大雅·常武》："王旅啴（tān）啴，如飞如翰。如江如汉，如山之苞，如川之流，绵绵翼翼。"——王师势如破竹，行动神速如鸟。如长江如汉水，如同青山绵延，如同滔滔洪流，连绵不断，声势浩大。用了一连串的比喻，形容王师的威武雄壮不可抵挡，是后世遣词造句的标杆。

# 振振鹭

《二雅》的时代,再有多少的不和谐音,再有多少的天灾人祸、民不聊生,它的主旋律依然是"正"的,是"雅"的,是"诗"的,温柔敦厚,正大雍容,极少呼天抢地,并无疾言厉色。劝说是委婉的,讽喻的,有礼有节的;斥责中有威严,言说中含道理;祈祷是虔诚的,真挚的,敬畏大地,敬畏自然,与草木鸟兽、山川河流相谐共生;抒情是委婉的,含蓄却含纯真,欲言又止中,汉民族高贵的教养,安宁的生活态度,中正平和的处世哲学,举手投足的浓浓诗意洋溢其间。可以说,《诗》中,有淡淡的哀伤,浅浅的清愁,更有那,如歌的行板,轻轻飘来——

梧桐

有卷者阿,飘风自南。

岂弟君子,来游来歌,以矢其音。

我登上那高高山岗啊,看江山如画,疆原辽阔,飘风自南。朝阳升矣,梧桐生矣，凤凰鸣矣。一时，多少豪杰！

《大雅·卷阿》通过描摹江山美景，以凤凰鸟——这个中华民族最为喜爱的吉祥鸟，象征周王品德高尚，言行美好，吸引天下人才聚集，如同百鸟朝凤。凤凰与百鸟的和鸣好像音乐中的和声，高低错落，此起彼伏，清脆，圆润，百转千回。诗，读起来是那么美，那么悦耳，那么韵味无穷：

> 凤凰于飞，翙翙(huì)其羽，亦集爰(yuán)止。
> 
> 蔼蔼王多吉士，维君子使，媚于天子。
> 
> 凤凰于飞，翙翙其羽，亦傅于天。
> 
> 蔼蔼王多吉人，维君子命，媚于庶人。
> 
> 凤凰鸣矣，于彼高冈。
> 
> 梧桐生矣，于彼朝阳。
> 
> 菶菶(běng)萋萋，雍雍(yōng)喈喈(jiē)。

《大雅·卷阿》

现代汉语，怎么译得出它所蕴含的那种高贵典雅？怎么译得出它的韵味悠长、余音袅袅？不，不，这诗，是不需要翻译的，只要诵读，只要体味，只要沉浸其中、心领神会。

"与龙蛇同时或稍后，凤鸟则成为中国东方集团的另一图腾符号。从帝俊（帝喾）到舜，从少昊、后羿、蚩尤到商契，尽管后世的说法有许多歧异，凤的具体形象也传说不一，但这个鸟图腾是东方集团所顶礼膜拜的对象却仍可肯定。"（李泽厚：《美的历程》）

凤凰，是美的，是善的，是我们祖先，顶礼膜拜的吉祥鸟。

沈从文先生在他的《龙凤艺术》一书中详细介绍过凤凰：

"凤凰即或同样是一种想象中的灵禽，在艺术创造中却表现多方，有万千种美丽活泼式样存在。"

"古记称：'有凤来仪''凤凰于飞'，让我们知道，这种理想的灵禽，被人民和当时贵族统治者当成吉祥幸福的象征和爱情的比喻，也是来源已久，早可到三千年前，至迟也有二千七八百年。"

先生又说："凤是一种不世出的大鸟，一身包含了种种德性，一出现和天命时代都关系密切。"接着具体分析"凤"相继出现于历史上的各个阶段，它在中国人审美历程中的渐渐演变：

"一，是从甲骨文上刻有各种凤字，到易经上'有凤来仪'的时代，也即是在文字上还无定形,而在佩玉上如大鹭,在铜器花纹上如孔雀时代。"

"二，是诗经上有'凤凰于飞'、孔子有'凤鸟不至'、楚辞有'鸾鸟凤鸣，日已远兮'、故事中有'吹箫引凤'传说成熟时期。"

"三，由传世伪托《师旷禽经》对于凤凰的描写，重新把凤凰当成国家祥瑞之一来看待，附会政治，并影响到宫廷艺术，见于帝王年代则有'天凤''五凤''凤凰'，见于造型艺术，先成为五瑞之一，又转化为朱雀，代表了南方，和青龙、白虎、玄武象征四方四神。"

"四，在人民诗歌中，已经和鸳鸯，鸂（xī）鶒（chì）、练雀等相似地位，同为爱情象征。反映到青铜镜子艺术上更十分具体。但在封建宫廷艺术中，另一面又和龙重新结合，成为上层统治权威的象征，特别是女性后妃象征。"

鸳鸯

"五，因牡丹成为花中之王，在艺术上和牡丹作新的结合，由唐代的云凤转成'凤穿牡丹''丹凤朝阳'，反映到工艺图案各部门，因此逐渐独占春风，象征光明、幸福、爱情和好等等，形象上也越来越作得格外秀美华丽，同时又成为人民吉祥图案中主题画时期。"

不管怎么变化发展，凤凰，在中华民族的审美中，一直以来，都带有光明、幸福、吉祥、和美的寓意。这也是《卷阿》所要表达的主题，君王的美好，就像凤凰一般高贵，一般光明，吸引天下君子百鸟朝凤。

沈从文先生最后说："俗说凤凰不死，死后还会再生。这传说极有意思。凡是深深活在人民情感中的东西，它的历史虽久，当然还会从更新的时代，和千万人民艺术创造热情重新结合，得到不朽和永生。"

"振振鹭，鹭于飞"（《鲁颂·有駜（bì）》）——白鹭一群向上飞，渐展翅膀任来回，"惠此中国，以绥四方"（《大雅·民劳》）——惠我中国啊，以安定四方。凤凰的美好传说，来自民间，为上层阶级所用，又渐渐回归民间，融入生活，如同《诗》所走过的轨迹。它所蕴含的美与善，已经深深镌入中华民族的血液体肤，具有永恒的光辉与色彩——

"凤凰鸣矣，于彼高冈。梧桐生矣，于彼朝阳"，我们相信，凤凰不死，死后还会再生。中华民族，一定可以如凤凰一般，在自己蓝湛湛青幽幽的天空，翙翙其羽，鸣声喈喈，展翅高翔，永永远远。

# 第三章 小雅轻吟

昔我往矣,杨柳依依。
今我来思,雨雪霏霏。
行道迟迟,载渴载饥。
我心伤悲,莫知我哀。

# 旨且多

小小孩儿，有大人来家中聊天，父亲一般会交代，去泡杯茶来。

听父亲的话，孩子会用青花白瓷的杯子，给客人泡上一盏清茶。茶不倒满，七八分即可。父亲教导："酒满敬人，茶满伤人。"

外婆教孩子，洗衣服时要先洗领子，然后是面襟，最后才是衣身和手袖。女孩子，坐在那里，不要张开两条腿，不雅观。

母亲教孩子，见到院子里的叔叔伯伯姑姑大婶要主动打招呼，嘴甜的姑娘人人喜欢。不要做个让人讨厌的没家教的娃娃。

外公教导，替人夹菜时，要用公筷；吃饭喝汤时，不要稀里哗啦；说话时，不可吐沫横飞……一切的一切，都有个礼数。

干什么事，有什么样的礼仪、规矩，遵从这些规矩，不会为难别人，亦不会使人难堪。这是人情世故，不是过时的说教，是做中国人要遵循的基本准则。

《诗经》流传以后，一般的应酬场合，人们不知不觉，就会用上里面的词句，特别是上层阶级的附庸风雅，使得《诗》的礼仪渐渐成为约定俗成的社会规范与行事章程。

一般的贵族宴饮，用《鹿鸣》——

> 呦呦鹿鸣，食野之苹。
>
> 我有嘉宾，鼓瑟吹笙。
>
> 吹笙鼓簧，承筐是将。
>
> 人之好我，示我周行。

用鹿鸣于野，悠然食苹起兴，表达亲友相聚鼓瑟吹笙的美好与浓情厚谊。祥和，高雅，用今天的一句潮语说，高端大气上档次。

特别是它的音乐，因为典雅和顺，是皇家宴客的必备音乐，以后渐渐为中下层宴饮所用——"《乡饮酒》用乐亦然。"（朱熹）

《毛诗序》："《鹿鸣》，燕群臣嘉宾也。既饮食之，又实币帛筐篚（fěi），以将其厚意，然后忠臣嘉宾得尽其心矣。"

总之，一句话简单讲来，这首诗描写皇家大宴宾客，既奏乐，又送礼，宾主尽欢，厚意深情。同时不忘互相吹捧，你的人品高啊，我认识你这个朋友，三生有幸啊。

《红楼梦》中，某回，贾政问贾宝玉念了些什么书："吓得李贵忙双膝跪下，摘了帽子，碰头有声，连连答应'是'，又回说：哥儿已念到第三本《诗经》，什么'呦呦鹿鸣，荷叶浮萍'，小的不敢撒谎。"听得满座哄然大笑。

这里，李贵的话为什么引起满座哄然大笑？

原来，李贵不懂，胡说一通，贾宝玉读的就是《鹿鸣》啊。

朱熹说："按序以此为燕群臣嘉宾之诗，而《燕礼》亦云工歌《鹿鸣》《四牡》《皇皇者华》，即谓此也。……而《学记》言'大学始教宵雅肄三'，亦谓此三诗。"

这段话的意思是:《鹿鸣》是宴会专用的音乐,其他的还有《四牡》和《皇皇者华》。《小雅》的这三首诗,是后来的读书人在太学里,接受教育的启蒙读物。

怪不得贾宝玉要读呢。

严格讲来,《四牡》一般是接待使臣时所用,《皇皇者华》则是派遣使臣所用。不过,后来约定俗成为宴会音乐了,都在表达一种美好的意思。好比今天的"花好月圆""步步高""难忘今宵"等,并不在于写了什么词句,而是在于音乐表达的美善的寓意。

此类的乐歌,《诗经》中还有《鱼丽》《南有嘉鱼》《南山有台》等,宴会时依次演奏,配上其他笙乐,有礼有节,传达尊敬与情谊。除此之外,也还有好多,录两个片段。

《小雅·伐木》:

伐木丁丁,鸟鸣嘤嘤。

出自幽谷,迁于乔木。

嘤其鸣矣,求其友声。

砍伐树木铮铮响啊,林中鸟儿嘤嘤唱。小鸟本自出幽谷,飞来住到乔木上。鸟儿嘤嘤唱得欢,找朋友啊声欢愉。

伐木许许(hǔ)，酾(shī)酒有藇(xù)。

既有肥羜(zhù)，以速诸父。

宁适不来，微我弗顾。

吹起号子砍树忙，筛出好酒喷喷香。我有鲜嫩小肥羊，请来叔叔伯伯尝。刚好有事不能来，不是我的心不诚。

"亲亲以睦，友贤不弃，不遗故旧，则民德归厚矣。"(《毛诗序》)是啊，寻常的交往、言行，日常的活动、细节，无一不传达着朋友相互间的情谊，和睦相处，相亲相爱，方见人情。前人说"在家靠亲人，出门靠朋友"，人在江湖，总要互相交往，互相扶持，互相帮助，所谓"朋友多，好办事"。为人好、会做人的，现代社会美其名曰"情商高"，殊不知，我们的老祖宗早就教导我们，对待朋友，要热情、温和、大方、真诚："旨且多，多且旨，旨且有"(《小雅·鱼丽》)——旨酒，美酒也，又多又美又好；赞美、祈祷，更要有发自内心的诚挚和厚。"如月之恒，如日之升。如南山之寿，不骞不崩。如松柏之茂，无不尔或承。"(《小雅·天保》)

# 信南山

天子有天子的规仪，上层有上层的礼节，民间自有民间的道理，相互影响又各有其不同的分工和作用。

天子祭祀，一般在《颂》诗里，《二雅》中也有些。随着时间的推移，日积月累，潜移默化，上下层的边际逐渐模糊。祭天地、祭祖宗、祈丰年，因为美好的愿望、庄重的言语行为与端恭谨严的仪式感，成为中华民族共同遵守的礼仪规范。千百年来，有些消失了，有些留了下来。

楚楚者茨（cǐ），言抽其棘，
自昔何为？我艺黍稷。
我黍与与，我稷翼翼。
我仓既盈，我庾（yǔ）维亿。
以为酒食，以享以祀，
以妥以侑（yòu），以介景福。

济济跄跄（qiāng），絜（jié）尔牛羊，以往烝（zhēng）尝。
或剥或亨，或肆或将。
祝祭于祊（bēng），祀事孔明。

先祖是皇，神保是飨。

孝孙有庆，报以介福，万寿无疆！

蒺藜丛丛长满地，我拿锄头除荆棘，

为啥自古这样做？要种高粱和小米。

我的小米多茂盛，高粱地里排整齐。

我的仓库已堆满，囤藏粮食千百亿。

做成美酒与佳肴，我对祖宗来献祭，

恭请前来享祭品，赐予洪福与天齐。

我们恭敬又端庄，把那牛羊涮洗净，拿去冬烝和秋尝。

有人宰割有人烹，有人分盛有人抬。

太祝先祭庙门内，仪式隆重又周详。

祖宗前来享祭祀，神灵来把酒肉尝。

孝孙一定得福分，神明保佑福无量，赐予万寿永无疆！

《小雅·楚茨》

疆埸翼翼，黍稷或彧(yù)。

曾孙之穑，以为酒食。

畀(bì)我尸宾，寿考万年。

中田有庐，疆埸有瓜。

是剥是菹(zū)，献之皇祖。

曾孙寿考，受天之祜。

祭以清酒，从以骍牡，享于祖考。
执其鸾刀，以启其毛，取其血膋。

是烝是享，苾苾芬芬。
祀事孔明，先祖是皇。
报以介福，万寿无疆！

田地疆界齐整整，小米高粱多茂盛。
子孙如今得丰收，谷物制作成酒食。
奉献神主和宾朋，神灵佑我赐长生。

大田中间有居屋，田埂边长青瓜果。
削皮切块腌咸菜，献给先祖请收下。
子孙多寿长百岁，皇天赐福保佑他。

神前满杯清酒上，再奉公牛红如枣，先祖请您来享用。
操起锋利金鸾刀，剥开公牛的皮毛，取出牛血和脂膏。

进行冬祭献祭品，祭品发出阵阵香。
仪式庄重又周详，列祖列宗来驾临。
赐以洪福寿无疆，子孙享福寿无疆！

《小雅·信南山》

同为祭祀的乐歌，前者主要表达祭祀的虔诚、祭礼的丰富、子孙的奋发有为，后者则主要描写生产劳动以及农家丰收的喜悦。同样的作品还有《小雅·大田》和《小雅·甫田》。无论是"雨我公田，遂及我私"

（公私兼顾）的坦荡，还是"彼有不获稚，此有不敛穧（jì），彼有遗秉，此有滞穗，伊寡妇之利"（到处是丰收的粮食啊，且留一些没采尽的遗穗给孤儿寡妇）的慈悲，以及"乃求千斯仓，乃求万斯箱。黍稷稻粮，农夫之庆"（希望稻谷满仓）的欢欣，都可以反映出古中国农耕社会的秩序井然。

> 天保定尔，亦孔之固。
> 俾尔单厚，何福不除（zhù）？
> 俾尔多益，以莫不庶。
>
> 天保定尔，俾尔戬穀（jiǎn gǔ）。
> 罄无不宜，受天百禄。
> 降尔遐福，维日不足。
>
> 天保定尔，以莫不兴。
> 如山如阜，如冈如陵。
> 如川之方至，以莫不增。
>
> 吉蠲（juān xī）为饎，是用孝享。
> 禴（yuè）祠烝（zhēng）尝，于公先王。
> 君曰卜尔，万寿无疆。
>
> 神之吊（dì）矣，诒尔多福。
> 民之质矣，日用饮食。
> 群黎百姓，徧为尔德。

如月之恒，如日之升。

如南山之寿，不骞(qiān)不崩。

如松柏之茂，无不尔或承。

《小雅·天保》

这是一首祭辞，"朝会之乐"，祈祷上天护佑，大周国泰民安，风调雨顺，万寿无疆。

"禴祠烝尝"，禴：夏祭。祠：春祭。烝：冬祭。尝：秋祭。春夏秋冬的祭祀，我都虔诚地祷告。

诗中用了排山倒海的比喻句：天啊，请您保佑我的国家和人民，如山如阜，巍巍挺立；如冈如陵，高耸入云；如大江大河，奔流不止。

像月亮那样恒远啊，像旭日东升那般光明灿烂。像南山那样永远，不亏损不崩塌。像松柏般长青啊，子子孙孙无穷尽。

汪洋恣睢，九个比喻，贴切新奇，一气呵成。

在《诗经》中，这"比"的用法，比比皆是。

如《卫风·淇奥》："有匪君子，如切如磋，如琢如磨。"君子如象牙，如美玉，需要切、磋、琢、磨，以美好喻美好。具象化的比喻，让人一想到那人，就想到象牙的雅致、和顺，玉的温润、内敛。

《卫风·硕人》："手如柔荑，肤如凝脂。领如蝤(qiú)蛴(qí)，齿如瓠(hù)犀。"多么美的美人儿呀，手似苇草那么柔软，皮肤是凝脂那样雪白。脖子像小天牛那样细长，牙齿如葫芦籽那么洁白整齐。

例如《魏风·硕鼠》："硕鼠硕鼠，无食我黍！三岁贯汝，莫我肯顾。"《豳风·鸱(chī)鸮(xiāo)》："鸱鸮鸱鸮，既取我子，无毁我室。恩斯勤斯,鬻(yù)子之闵斯。"以硕鼠比剥削者,以鸱鸮比强暴者,恶者愈恶,丑者愈丑。

《现代汉语词典》中对比喻的解释:"比喻:打比方;用某些有类似点的事物来比拟想要说的某一事物,以便表达得更加生动鲜明。"

它和兴有所不同,兴,是触物起兴,和好坏无关,一般是见到事、物,触发感情。比则是打比方,好的比好的,坏的比坏的,有个先入为主的判断。

# 夜未央

世间万物，都有着时运，有其起承转合、高低抑扬，有其生长、兴盛和衰落。比如，武则天乾陵，虽然地面建筑全毁，光剩下些不会说话的石头，可是，陵寝前开阔的气象，让人感受到大唐盛世的气息；到了清东陵，慈禧太后的地面建筑雕龙绘凤，精刻细镂，用了黄花梨，但气象还是局促，可以明显感觉到，从唐到清，中华民族走了下坡路。

《小雅》的开篇，成诗应在周之盛时，无论宴饮还是出征，表达父母、兄弟、朋友情谊，都弥漫着祥和、温馨与愉悦，就连君王上朝，也是那么怡然自得、意气风发：

> 夜如何其(jī)？
>
> 夜未央，庭燎之光。
>
> 君子至止，鸾声将将(qiāng)。
>
> 是夜里什么时光？
>
> 还是半夜天没亮，庭中火炬熊熊闪光。
>
> 早朝诸侯始来到，旗上銮铃叮当响。
>
> 《小雅·庭燎》

言语极其简练，可说"增一分则长，减一分则短"。这样的一首诗，是富贵的，雍容的，充盈着盛世王朝的自足与安乐。虽是"夜未央"，却感觉不到一丝一毫的黑暗，一切明亮而温暖。在这样的王朝里，盛开着杨玉环一般艳丽的牡丹花。

《小雅·常棣》写兄弟之情：

> 傧尔笾(biān)豆，饮酒之饫(yù)，
> 兄弟既具，和乐且孺。
> 
> 妻子好合，如鼓琴瑟，
> 兄弟既翕(xī)，和乐且湛。
> 
> 大碗小盘端上来，又是喝酒又吃菜，
> 兄弟全都到齐了，家宴和乐又亲爱。
> 
> 夫妻和美又恩爱，如同琴瑟音和谐，
> 兄弟感情多融洽，和睦相处乐陶陶。

整个旋律是明快的，色调是清朗的，乐曲是轻松的，生活是圆满自足的，看不到阴暗面。对亲人是这样，对朋友亦如此：《小雅·伐木》里的"嘤其鸣矣，求其友声"，之所以是千古名句，正是因为它里面有着真挚的情感，遇到知音的喜悦，生活的富足安逸——"仓廪实而知礼节"，诚哉斯言。

《小雅·南有嘉鱼》是这样："君子有酒，嘉宾式燕以乐"；《小雅·鱼丽》亦如此，反复地歌唱："君子有酒"——"旨且多，多且旨，旨且有"（美酒又多又香甜），生活多幸福，阳光多明媚，明天多美好。

随着时间的推移,调子慢慢地喑哑低沉,《小雅·小宛》:"宛彼鸣鸠,翰飞戾天。我心忧伤,念昔先人。明发不寐,有怀二人。"

小小斑鸠不住鸣,展翅高飞上云天。忧伤充满我心房,想起祖宗和先烈。直到天明睡不着,思念父母在世情。

棠棣

调子低了一些下来。怀念父母和先人,却并无大悲愤大伤感,情感适可而止,是恰到好处的歌咏,不伤人,亦不醉人,好比温开水体贴可人。

到了《小雅·蓼(lù)莪(é)》,一变为悲愤沉郁,呼天抢地。在《诗》中,这称为"变雅":"雅"变了,失掉了端庄矜持、正大雍容,就像一个锦衣华服的贵妇,渐渐粗头乱服:

> 父兮生我,母兮鞠我。
> 拊我畜我,长我育我,
> 顾我复我,出入腹我。
> 欲报之德,昊天罔极!
>
> 南山烈烈,飘风发发。
> 民莫不穀,我独何害?
>
> 南山律律,飘风弗弗。
> 民莫不穀,我独不卒!

莪

爹啊你生下我,娘啊你哺育我。
抚摸我疼爱我,养我长大教育我,
照顾我啊挂念我,出入家门抱着我。
想报爹娘大恩德,老天降祸亲不在!

南山高峻难迈过,狂风凄厉尘飞扬。
人人都能养爹娘,独我为何遭此劫?

南山崎岖行路难,狂风凄厉令人怯。
人人都能养爹娘,不能终养独是我!

由这首诗，我们可以读出，作为悼念亡亲之作，丢掉端正矜持、正大雍容，以极端的疼痛，体现汉民族的慎终追远孝文化，与前面的歌功颂德，正是一纸两面。

现代汉语，无法译出《诗》的抑扬顿挫，感情的深沉激越，更无法准确细腻、恰到好处地传达诗中的情绪与思想。那么，还是让我们，一遍遍，读《诗》吧。

苕(tiáo)之华，芸其黄矣。

心之忧矣，维其伤矣！

苕之华，其叶青青。

知我如此，不如无生。

牂(zāng)羊坟首，三星在罶(liǔ)。

人可以食，鲜可以饱。

《小雅·苕之华》

"身瘦头大一雌羊，空空鱼篓闪星光。灾荒到来人吃人，可是依然没法饱！"

读它记录的美好或者忧伤的生活；读它在光阴中积淀下来的雍容华美与伤痛苦寒；读它残酷的历史和艰难的记忆；读它作为镜子，照见生活的光明与希望；读它如歌的行板；读它作为诗，永恒的魅力与光彩。

# 都人士

商纣王宠爱苏妲己,"酒池肉林",炮烙、挖心……寒了天下,亡了天下。

周文王姬昌、周武王姬发艰苦奋发,创立大周;周成王姬诵继承父志,在周公姬旦的辅佐下,"周公吐哺,天下归心",把周国经营得有声有色,百姓安居乐业,诸侯来朝,和周康王(姬钊)时代一起,被史家统称"成康之治"——"成康之际,天下安宁,刑措四十余年不用。"(《竹书纪年》)

以后,又经历了六个太平天子,可谓无风无浪。

到了周厉王,凶残无道,"防民之口胜于防川",百姓不敢说话,"道路以目",国与家,江河日下。终于,百姓造反,周厉王被赶到彘地,最后死在那里。

尔后是周召共和,紧接着,周宣王继承了江山。

经过周厉王的折腾,大周已经渐渐衰败,好比一个人生了一场重病,免疫力下降,各种病菌乘虚而入。诸侯能敷衍的就敷衍,异族想欺负的来欺负,《诗经》里,多次提到的"狁狁"(xiǎn yǔn),是当时北方强势的一个少数民族,乘乱抢夺地盘,不时骚扰周朝。

国家岌岌可危，周宣王发愤图强，任用召穆公、周定公、尹吉甫等大臣，整顿朝政，命尹吉甫、南仲等出兵征伐狁，大周终于恢复了些许元气，史称"宣王中兴"。

出兵讨伐狁的史实事迹，《诗经》中多首作品均有提及。

> 我出我车，于彼牧矣。
> 自天子所，谓我来矣。
> 召彼仆夫，谓之载矣。
> 王事多难，维其棘矣。
>
> 我出我车，于彼郊矣。
> 设此旐矣，建彼旄矣。
> 彼旟旐斯，胡不旆旆？
> 忧心悄悄，仆夫况瘁。
>
> 王命南仲，往城于方。
> 出车彭彭，旂旐央央。
> 天子命我，城彼朔方。
> 赫赫南仲，狁于襄。
>
> 推出战车马套好，待命远郊养马场。
> 有人从王居所来，让我出征到北方。
> 召集马夫驾其车，为我驾车到边防。
> 国家多事又多难，战事火急催我忙。

兵车派遣已完毕,集合誓师在外郊。

车上插起龟蛇旗,树立干旄风里扬。

鹰旗龟旗相交错,怎不展旗高飘扬?

心忧能否稳歼敌,士兵行军多辛劳。

周王传令命南仲,前往朔方筑防城。

兵车战马多强盛,旗帜鲜明亮晃晃。

周王传令我执行,筑城朔方守边防。

威仪不凡南仲子,扫除狎狁获大胜。

《小雅·出车》

气势若虹,誓把敌人赶出家门的好男儿之同仇敌忾、无畏无惧的形象跃然眼前。全诗语气铿锵有力,诗句朗朗上口。

《小雅·杕(dì)杜》写一个女子对出征丈夫的思念,"有杕之杜,有睆(huǎn)其实"。借杕杜(棠梨)起兴,植物枝繁叶茂,果实累累,自己却很孤单,没有人陪伴。如果说《出车》是将帅的音乐,高亢激昂;那《杕杜》就好比士兵的吟唱,低回婉转,两诗各具人情,各有千秋。

《小雅·彤弓》是慰劳有功将士的乐歌,"钟鼓既设,一朝飨之"(钟鼓乐器摆设好,从早设宴到日中);《小雅·采芑(qǐ)》是出征南方的战歌,"其车三千,旂旐央央"(战车威威三千辆,军旗招展明艳艳);《小雅·车攻》是打猎时的示威,"之子于征,有闻无声"(国王猎罢回京城,

人马整肃悄无声);《小雅·采薇》则是出征战士的痛斥,"靡室靡家,狁之故"(没有家啊没有室,都是凶暴狁惹的祸)。

不管周宣王时期,是不是中兴,对百姓而言,战争、离乱,有家不能回,有父母不能养,始终是饱含伤痛的生活,"山川悠远,维其劳矣。武人东征,不皇朝矣"(《小雅·渐渐之石》)——山川悠远,我多么辛劳啊。战士东征,没可能退返(家园)啊。

到了宣王后期,国家又逐渐走了下坡路——宣王在千亩之战大败于姜戎,南国(今长江与汉江之间的地区)之师全军覆没,加之独断专行,滥杀大臣,中兴遂成昙花一现。可以说,周朝的衰,实衰于宣王;好比有人说,清朝的衰,实衰于乾隆。终于,周幽王,丢掉了周朝的江山。平王东迁,开启了历史上纷乱而又鲜活、色彩纷呈的春秋时期。东周,王权旁落,周王室时不时要受强势诸侯的气,终究不可以与西周同日而语了。

有意思的一个现象是,中华民族,史上但凡一个朝代因各种原因分为"东""西","东"总不如"西"来得朝气蓬勃,东西周如是,东西汉如是,东西晋亦如是。"南""北"之分,"南"往往亦不能望"北"之项背,如唐、宋。

四牡修广,其大有颙(yóng)。

薄伐狁,以奏肤公。

有严有翼,共武之服。

共武之服,以定王国。

马

> 公马四匹高又大,宽头大耳多威风。
> 同心勉力伐狎狁,建立大功安周邦。
> 将帅威武又严整,同仇敌忾守疆土。
> 认真管好国防事,卫我国家保我王。
>
> 《小雅·六月》

整首诗的调子是高亢激扬的,可是《六月》依然是一个分水岭,好比"宣王",标示着那个繁华、雍容的好时代已经过去了——《毛诗序》:"至于王道衰,礼义废,政教失,国异政,家殊俗,而变风变雅作矣",

"小雅尽废则四夷交侵,中国微矣"。

郑玄《诗谱序·小大雅谱》:"《大雅·民劳》《小雅·六月》之后,皆谓之变雅。"

孔颖达疏:"《民劳》《六月》之后,其诗皆王道衰乃作,非制礼所用,故谓之变雅也。"

王道衰矣。中国微矣。

《都人士》是《小雅》中的一首诗,"都人",美人也。赞美一个男子仪容整齐,修饰得体。不管世事如何,我们依然把它,献给我们为国为民、保家卫国、出征凯旋归来的战士吧——

> 彼都人士,狐裘黄黄。
>
> 其容不改,出言有章。
>
> 行归于周,万民所望。

# 雨无正

中国历史上，正史或者野史记载的著名美人计有好几桩：苏妲己灭商勉强算得上，西施灭吴自不用多说，貂蝉杀董卓当然是一件，还有，"幽王烽火戏诸侯"的褒姒亦是鼎鼎有名。

褒姒的出身，在史书里写来，类似《大雅·生民》的后稷，有些诡异、荒诞。

东周宣王时期，民间流传着一个童谣："檿（yǎn）弧箕（jī）服，实亡周国。"

檿弧箕服——檿：落叶乔木，叶互生，内皮可做纸，木材坚韧，可做弓、车辕，这里指代弓；弧：古代指弓；箕服：亦作"箕箙"，箕木做成的箭袋。"檿弧箕服，实亡周国"，意为，用檿木做弓箭、箕木做箭袋之人，即灭亡周国之人。

周宣王非常惶恐，试图毁掉天下的弓箭、箭袋（《东周列国志》第一回"周宣王闻谣轻杀　杜大夫化厉鸣冤"就从这里讲起），就像唐太宗李世民一般，想要杀掉和"武"有关的男女——李君羡不幸小名"武娘子"，惹祸上身被杀。不料，大唐终于易主武则天，周亦衰落。

据说褒姒是个孤儿，被一对民间卖"檿弧"和"箕服"的老夫妇收养在褒地，是宣王想除而未能除掉的祸根。

到周幽王时，幽王伐褒，褒人把这个倾国倾城的美女献给了他。当时女子一般没有名字，这个美女为褒人所献，姓姒，故称其为褒姒。

美女褒姒集三千宠爱于一身，美则美矣，可是从来不笑。周幽王想尽办法博她一笑，都没有成功。后来，有人出谋划策，恭请幽王命燃烽火，召集诸侯，让美人看车来兵往奔忙。

红颜终于一笑。

而后，幽王数举骊山烽火，戏弄诸侯。又废申后及太子宜臼，立褒姒为后，立褒姒子伯服为太子，引起申侯联合缯（zēng）侯和犬戎反叛。

那一天，狼真的来了。幽王点燃烽火，想要诏令诸侯，诸侯却没有来。

幽王被犬戎杀死，褒姒被掠走。

赫赫宗周，终灭在"檿弧箕服"养女的笑声里——《小雅·正月》："赫赫宗周，褒姒灭之。"

故事仅仅是故事，传说也仅仅是传说。

翻开《诗经》，《小雅·四月》，《毛诗序》说："《四月》，大夫刺幽王也。在位贪残，下国构祸，怨乱并兴焉。"

再说："《北山》，大夫刺幽王也。役使不均，己劳于从事，而不得养父母焉。"

又说："《楚茨》，刺幽王也。政烦赋重，田莱多荒，饥馑降丧，民卒流亡，祭祀不飨，故君子思故焉。"

还说："《信南山》，刺幽王也。不能修成王之业，疆理天下，以奉禹功，故君子思古焉。"

再说:"《大田》,刺幽王也。言矜寡不能自存也。"

……

好了,不用再举例了。只能说,多行不义必自毙,用句通俗点的话说,是大周"气数已尽"。

我们姑且不管有没有那么多的"刺幽王也",只是单纯读诗,读到的是战乱、伤痛、怨恨、流离失所、饿殍遍野……在《小雅》中,这样的诗,十之二三。这可是克制温厚的《小雅》啊。

不能把西周的衰败与灭亡简单地归结到一个女人身上吧?——《大雅·瞻卬》:"妇有长舌,维厉之阶。乱匪降自天,生自妇人。"妇人长舌爱多嘴,灾难祸害从她生。祸乱不是自天降,出自妇人真可哀。

逝去的盛世与繁华啊,今与昔,如此不同,只能叹息。

秋日凄凄,百卉具腓(féi)。
乱离瘼(mò)矣,爰其适归?

秋日凄凉,百卉凋零,
兵荒马乱,何处容身?

《小雅·四月》

小东大东,杼柚其空,
纠纠葛屦,可以履霜?
佻佻公子,行彼周行,
既往既来,使我心疚。

大大小小的国家,把我的一布一帛搜刮光,
脚上葛草编的鞋子,怎么抵挡这严霜?
那些轻佻的公子哥们,大摇大摆走在大路上,
他们来来往往,那嘴脸令我悲伤。

《小雅·大东》

悠悠昊天,曰父母且。
无罪无辜,乱如此幠?
昊天已威,予慎无罪。
昊天泰幠,予慎无辜。

悠悠的苍天啊,我把你当成了我的父母。
我没有什么过失没有罪,为什么要遭受这样的残酷?
老天爷你发威太可怕,罪过我是真的半点无。
老天爷你疏忽又糊涂,我是真的很无辜。

《小雅·巧言》

陟彼北山,言采其杞。
偕偕士子,朝夕从事。

流离

王事靡盬(gǔ)，忧我父母！

我登上高高的北山，采点枸杞来。
我这盛年的男子啊，从早到晚忙做事。
国王的差遣没穷尽，我如何去伺候我爷娘！

《小雅·北山》

周宗既灭，靡所止戾。
正大夫离居，莫知我勚(yì)。
三事大夫，莫肯夙夜。

邦君诸侯，莫肯朝夕。

庶曰式臧，覆出为恶。

周室破灭遭惨祸，想要栖身没地方。

高官大臣早跑散，有谁知道我苦劳。

三公大夫虽还在，哪个早晚把心操。

各方诸侯也失职，不肯朝夕来帮忙。

平民百姓本良善，为非作歹反朝堂。

《小雅·雨无正》

《毛诗序》："《雨无正》，大夫刺幽王也。雨，自上下也。众多如雨，而非所以为政也。"正，政也。就是幽王和幽王的政治，虽然像下雨，却"非所以为政"，他是个无道昏君。而于此，我们亦可看成幽王时期百姓的苦难，如同雨一样，无穷无尽，无休无止。

孔子说《诗》"乐而不淫，哀而不伤"，是的，《二雅》，感情始终是克制的。可是，在这样的克制中，人民的苦难，官吏的凶残霸道，世道的艰难，依然读得后世读者心惊肉跳。

"长叹息以掩涕兮，哀民生之多艰"——春秋战国时期，大诗人屈原，发出了这深沉悲凉的叹息。

# 何人斯

变风变雅的时代,周室衰微,平时忧国忧民的君子,此刻更加忧心如焚。

他们缅怀好时代,委婉劝谏今上不可误国误民;担忧国家的将来,痛骂祸国殃民的小人。这样的诗,在《小雅》中占一定比例。

> 节彼南山,维石岩岩,
> 赫赫师尹,民具尔瞻。
> 忧心如焚,不敢戏谈。
> 国既卒斩,何用不监!

终南山啊山陡峭,山石岩岩高又高。
赫赫有名尹太师,人人对他侧目视。
满心忧愤如火烧,不敢随便发牢骚。
国运危亡到关头,为何还没觉察到!

《小雅·节南山》

太师尹氏,祸国殃民,诗人写了这首《节南山》来讽刺他。

> 彼何人斯?其心孔艰。

胡逝我梁，不入我门？
伊谁云从？维暴之云。

二人从行，谁为此祸？
胡逝我梁，不入唁我？
始者不如今，云不我可。

彼何人斯？胡逝我陈？
我闻其声，不见其身。
不愧于人？不畏于天？

你究竟是什么人？心地阴险真可怕。
为何路过我鱼梁，却不进入我家门？
如今你是谁跟班？唯暴公马首是瞻。

二人同行肩并肩，到底谁惹此祸端？
为何去看我鱼梁，却不进门慰问我？
原先对我好得很，如今与我不同心。

你究竟是什么人，为何从我堂前行？
我只听见你声音，却总不见你身影。
你在人前不惭愧？连上天也不畏敬？

《小雅·何人斯》

义正词严，斩钉截铁，好像是两个好朋友吵架，又仿佛政敌双方唇枪舌剑的对决，算是后世绝交诗的榜样。

彼谮(zèn)人者，谁适与谋？

取彼谮人，投畀(bì)豺虎。

豺虎不食，投畀有北。

有北不受，投畀有昊！

你个造谣大坏蛋，是谁为你出计谋？

抓住你这造谣家，丢到野外喂豺虎。

豺虎嫌弃若不吃，把你丢到北大荒。

北荒也都不接受，送你归天见阎王！

《小雅·巷伯》

痛快，痛快。

巷伯，宦官也。作者孟子，很可能是一位因遭受诗中"谮人"谗言而获罪，受了宫刑，做了宦官，与西汉大史学家司马迁异代同悲的正直人士。东汉班固曾在《汉书·司马迁传》里称惨遭宫刑的司马迁是"《小雅·巷伯》之伦"，此解，亦可为此诗备注。

"故祸莫憯于欲利，悲莫痛于伤心，行莫丑于辱先，诟莫大于宫刑。刑余之人，无所比数，非一世也，所从来远矣。"（司马迁：《报任少卿书》）他一定有着与司马迁同样的心情吧，才会发出这样痛快淋漓如同投枪匕首般的呼号。

此外，《小雅》中，还有《巧言》的伤于谗言，"他人有心，予忖度之"；《小弁》的担忧恐惧，"心之忧也，云如之何"；《小旻》的如履薄冰，"如彼筑室于道谋，是用不溃于成"；《白华》的痛苦凄凉，"天步艰难，之子不犹"；《青蝇》的愤怒谴责，"谗人罔极，交乱四国"等等。

只是，无论周室如何衰朽，春秋战国如何纷乱，在中华民族苍茫的大地上，有志之士层出不穷：既有春秋五霸齐桓晋文等的强悍登场，亦有信陵君"窃符救赵"义薄云天、孟尝君"鸡鸣狗盗"侠士盈门；既有《孙子兵法》千古悠悠，亦有苏秦张仪纵横捭阖；既有孔子"修身齐家治国平天下""虽千万人吾往矣"的担当无惧，亦有老子"和其光同其尘""知白守黑"的清朴寥远；既有姜子牙"姜太公钓鱼，愿者上钩"的用世之志，亦有庄子"抟扶摇直上九万里"的出世清空……百花齐放，百家争鸣，这才是我们斑斓美丽的古中国啊。

苧

而在这五百多年的纷纷攘攘中，《诗》的光芒始终璀璨，《诗》的精神一以贯之，《诗》既贴近百姓的生活，又引领人们离开俗世的芜杂，静静聆听心灵的乐音。

林语堂先生说："诗歌教会了中国人一种生活观念，通过谚语和诗卷深切地渗入社会，给予他们一种悲天悯人的意识，使他们对大自然寄予无限的深情，并用一种艺术的眼光来看待人生。诗歌通过对大自然的感情，医治了人们心灵的创痛；诗歌通过享受简朴生活的教育，为中国文明保持了圣洁的理想。"

是的，经历了那么多苦难，中国的精神没有垮，我们依然在为中华民族的伟大复兴而奋斗。在这中间,《诗》留给我们的,岂止是简单的代代传承的生活方式?它应该还有,不屈的精神,坚忍与奋发,自新与自强,还有,中正平和的人生态度,优雅从容的生活哲学,不为物质所毁坏的一种来自天上的、来自心灵的浅歌与慢吟:

"高山仰止,景行行止。"

"行归于周,万民所望。"

"中心藏之,何日忘之?"

"乐只君子,天之命之。"

# 第四章 万邦齐颂

丰年多黍多稌，

亦有高廪，万亿及秭。

为酒为醴，烝畀祖妣；

以洽百礼，降福孔皆。

# 绥万邦

《毛传》说"天":"悠悠,远意。苍天以体言之,尊而君之则称皇天,元气广大则称昊天,仁覆闵下则称旻天,自上降鉴则称上天,据远视之苍苍然,则称苍天。"

打开《颂》来读,经常会碰到这样的句子,"昊天其子之""上帝是皇""昊天有成命""维天之命""天命匪解(xiè)","时周之命"……

总而言之,以上总总,全是好话。意思是说,周朝的皇帝是上天赐予万民的,是老天的儿子,是有天命的,因此在自己的位置上不能有丝毫的懈怠,必须"战战兢兢,如临深渊,如履薄冰"(《小雅·小旻》),方对得起黎民百姓,对得起上天交付的这副担子。

这样的话,放在老百姓那里,似乎有一定的欺骗性,让百姓觉得,你既是天命所归,我就得乖乖听话;换一个角度想想,其实官当得越大,责任越大。处在天子高位,那么大的国家,那么多的人,难着呢。无怪乎,《红楼梦》里王熙凤感叹:大有大的难处。

再换一个角度看,"天命"这玩意说它不好,其实也不乏一些有益的东西在里面。比如说,知道自己的使命,人就比较谦卑,心有敬畏,

行有所止。

所以,要祭祀,要祈祷,要为万人楷模,要把自己的一切放到光天化日下去晒:老百姓眼睁睁盯着呢。心理素质差一点,估计睡个好觉都难;遇到时乖运舛,国亡了,身首异处不用说,还得留下千古骂名。看看李后主、宋徽宗,沦为俘虏,活着比死难受;看看明崇祯,并不是不想做个好皇帝,却不得不吊死在煤山上。

扯远了。

古代帝王,遇到天灾,一般要发罪己诏,检讨自己,向老天请罪,向百姓赔罪。《汉书》里有这么两段:

> (孝文皇帝)诏曰:"方春和时,草木群生之物皆有以自乐,而吾百姓鳏寡孤独穷困之人或阽于死亡,而莫之省忧。为民父母将何如?其议所以振贷之。"又曰:"老者非帛不暖,非肉不饱。今岁首,不时使人存问长老,又无布帛酒肉之赐,将何以佐天下子孙孝养其亲?今闻吏禀当受鬻者,或以陈粟,岂称养老之意哉!具为令。"

> 十一月癸卯晦,日有食之。诏曰:"朕闻之,天生斯民,为之置君以养治之。人主不德,布政不均,则天示之灾以戒不治。乃十一月晦,日有食之,适见于天,灾孰大焉!朕获保宗庙,以微眇之身托于士民君王之上,天下治乱,在予一人,唯二三执政犹吾肱

莖

股也。朕下不能治育群生，上以累三光之明，其不德大矣。令至，其悉思朕之过失，及知见之所不及，丐以启告朕。及举贤良方正能直言极谏者，以匡朕之不逮……"

前一段说的是：春天来了，万物萌发，青黄不接，百姓衣食难以为继，为民父母，需要怜惜孤寡，存问长老。命令天下，于此岁首，备上布帛酒肉，使亲者养其亲。众多官员，不可把陈粟拿去给老人家吃。

后一段讲天有日食（古人以为日食、月食均为不祥），汉文帝认为是天示灾祸以惩戒自己失德，愧对上天的托付，愧对天下百姓，因而下诏罪己。

小心翼翼，敬畏谦卑。

可见，作为君主，讲天命，是自信，更是一种担当。

钱穆在《中国文化史导论》中写道："他们敬畏上帝，敬畏祖先，敬畏民众，敬畏民众的公共意志，他们常不敢放肆，不敢荒淫惰逸，相互间常以严肃的仪态警戒着。"

> 绥万邦，娄（lǚ）丰年，天命匪解①。
> 桓桓武王，保有厥士。
> 于以四方，克定厥家。
> 於（wū）昭于天，皇以间之。

---

① 解：同"懈"。

平定天下万邦，连年丰收吉祥，天命在周久长。

威风赫赫周武王，保有辽阔疆域。

安抚天下四方，周室安定永昌。

啊，功德辉映上苍，请上天护佑我周室家邦。

《周颂·桓》

是《颂》诗的简明扼要，温厚真淳，深美端劲，虔诚恭敬，亦含自豪，具开国初欣欣向荣的清澈明朗。

这样的《颂》歌还有多篇。

维天之命，於穆不已。

於乎不显，文王之德之纯。

假①以溢我，我其收之。

骏惠我文王，曾孙笃之。

老天授命于大周，恭敬肃穆永不停。

多么显赫又光明，文王品德真高贵。

嘉言善道告诫我，我当接受继承好。

遵循先祖文王德，子子孙孙笃行之。

《周颂·维天之命》

天作高山，大王荒之。

彼作矣，文王康之。

---

① 假：通"嘉"。

彼徂矣,岐有夷之行。

子孙保之。

天生巍巍岐山,太王苦心经营。

上天生长万物,文王安定周邦。

人人往来归顺,岐山大道坦荡。

子子孙孙保之。

《周颂·天作》

昊天有成命,二后受之。

成王不敢康,夙夜基命宥密。

於缉熙!

单厥心,肆其靖之。

天命昭昭自上苍,文王武王受为君。

成王不敢图安逸,日夜谋政志安邦。

啊,多么光明多么辉煌!

殚精竭虑保天命,国家太平民安康。

《周颂·昊天有成命》

敬之敬之,天维显思。

命不易哉,无曰高高在上。

陟降厥士,日监在兹。

维予小子,不聪敬止。

日就月将,学有缉熙于光明。

佛时仔肩,示我显德行。
  bì

敬之而又敬之,天理昭彰显明。

保全国运不易,别说高高在上。

升黜群臣天意,日夜监督在此。

我刚即位年轻,不聪不明需儆。

日积月累努力,学问渐深趋光明。

众臣辅佐我担责,启示予我美德行。

《周颂·敬之》

朱熹说《敬之》:"此乃自为答之之言。曰我不聪而未能敬也,然愿学焉,庶几日有所就,月有所进,继而明之,以至于光明。"

表达一种追求光明的自警与惕厉、奋发与努力,希望自己能够不辜负上天赋予的这份使命,希望上天庇佑大周:风调雨顺,人民安康。

# 娄丰年

远古的人，起初都是"野人"，缺少教化，更无名无姓。黄帝住在姬水边，为了交往称呼方便，就把"姬"作为自己的姓氏。好比日本人的姓，"井上"啊，"松下"啊，"小野"啊，说明祖上来历，住在山中野外，不是农夫，就是渔樵。

周朝的"姬"姓祖先，就是黄帝的子孙。

远古的时候，天下有三大强人，黄帝（轩辕氏）、炎帝（神农氏）和蚩（chī）尤。后来黄帝和炎帝联合，打败蚩尤，蚩尤部落归顺炎黄。过了很多年，好朋友翻脸，炎帝和黄帝这两个部落，在炎黄大战蚩尤的阪泉（今河北涿鹿及怀来一带），又大战一场，结果炎帝被打败，归服了黄帝。后来，炎黄后裔从河北一带一直向南扩张发展，进入黄河流域，定居中原。这几个部落经过长期的共同生活和繁衍，相互融合，组成了中国中原地区的远古居民。这些居民，这个族群，被称为"华夏族"，简称"夏"。后来，"华夏"的含义进一步扩大，用以代指整个国家——《诗经》中有"我求懿德,肆于时夏"(《周

颂·时迈》：我追求美好的品德，遍施仁政，国家兴旺），"陈常于时夏"（《周颂·思文》：在全国推广开来）。因而，我们中国人，称自己为"华夏儿女""炎黄子孙"。华，是"章服之美"的意思；夏，是"礼仪之大"的意思。就是说，中华民族，一直是个讲礼仪且追求美的民族。

随着时光的推移，各族交往通婚合并融合，蛮、夷、戎、狄等"少数民族"相继融入华夏族，构成后来汉族的主体。以前叫华夏族，汉以后叫汉族，汉族由汉王朝而得名。汉朝强大，世上所有人以做"汉人"而自豪；唐朝厉害，世上的人也都以当"唐人"而骄傲，今天美国还有"唐人街"。所以我们今天的汉族，其实是兼容并包的，是经过生生不息的交融并变化发展着的一个综合体。

西周初年（公元前11世纪），周武王的弟弟周公旦营建洛邑（今河南省洛阳市），认为中原居四方之中，是天下中心，故称之为"中土"。而居住在中原地区的又是华夏族，所以又把这地区称为"中华"。后来，随着时间的推移，民族融合越来越广泛，华夏族的活动范围也愈加宽广，"中华"，逐渐成为代表整个中国的名称，"华夏儿女""炎黄子孙"也随之具有更广泛的含义。

中华文明的主体是农耕文明。在我们的史诗里，人们对上天和土地充满敬畏，对庄稼的丰收满怀喜悦和骄傲，对农活干得好的人五体投地地敬仰和赞颂。

丰年多黍(tú)多稌，亦有高廪(lǐn)，万亿及秭(zǐ)。
为酒为醴(lǐ)，烝畀(bì)祖妣(bǐ)。

以洽百礼,降福孔皆。

丰收年头多粮稻,备有高高大粮仓,收来粮食万亿石。
酿造醇酒甜酒香,敬献先祖和先妣。
祭祀遵循百种礼,福祉遍临降福星。

《周颂·丰年》

祈祷,发自内心,淳朴而庄重,满怀希望而又顺天敬天,和中国人的生活方式、生活哲学天衣无缝地契合。

同样是祈祷丰收的诗歌,在《二雅》里,是对农事的朴素铺陈,是稻麦"唰唰"的自在歌唱,是普罗大众乐天知命的真诚祷告;在《颂》里,是顺天守时的谦恭谨严,是统治者胸怀大略的悉心关怀,是端厚凝练的诚恳诉求。

思文后稷,克配彼天。
立我烝民,莫匪尔极。
贻我来牟,帝命率育。
无此疆尔界,陈常于时夏。

思念后稷先王,功德堪配上天。
养育我们百姓,谁没受你恩赐。
留给我们麦种,上天予民养育。
农事不分疆界,全国普遍推广。

《周颂·思文》

敬天顺天、渴求丰收的主旋律，始终贯穿于《周颂》各篇——《臣工》有"嗟嗟保介，维暮之春"（农官你要尽职责，早春农事早统筹）；《噫嘻》有"率时农夫，播厥百谷"（带领农民，播种百谷）；《载芟（shān）》有"载活济济，有实其积"（农家丰收，粮食成垛）；《良耜》有"播厥百谷，实函斯活"（种子颗颗播下去，粒粒个大有生气）……感恩老天带给我们的风调雨顺。爱土地，爱这广大的山川、原野。珍惜上天给我们的厚赠：鱼和马，牛与羊，飞鸟与鸣禽，粮食和酒浆。一派喜气洋洋又生机勃勃，是中华民族，古往今来，奉献于大地的欢歌。

苞棣

# 思无疆

周武王建立周朝之后分封诸侯，周公旦，武王的亲弟弟，被封于鲁地为鲁侯。但实际上，周公并未就封，一直伴随武王左右理政。后武王去世，成王年幼，周公摄政，"一沐三捉发，一饭三吐哺"，呕心沥血，鞠躬尽瘁为大周。

其长子伯禽代封于曲阜，是为鲁公。

鲁，堪称人杰地灵，彼时彼地，那里有孔子、孙子、左丘明……还有孔子根据鲁国史官记载而修订之《春秋》。鲁国的历史，是春秋时代唯一留下来的有史书记载的历史。春秋时代之"春秋"，即因史书《春秋》得名。

孔子此书名《春秋》，还有一个因素，源于古人特别重视春、秋两季的祭祀。再者，这也是依凭古代的历法。在商代和西周前期，一年只分为春秋二时，所以"春秋"在中国文化里，代表一年四季、光阴岁月等等。历法日趋精密后，到了战国，才有春秋冬夏四季之说。

周公旦对周太重要，所以依其封地，便有《鲁颂》流传。

周公旦很厉害，儿孙却不怎么争气，鲁国长期以来，既无强人，亦无良政。后来出了个鲁僖公还不错，因而手下长篇累牍地歌颂他，开歌功颂德之"马屁"文体的《鲁颂·閟(bì)宫》就是其中之一,"万有千岁,眉寿无有害""莫不率从,鲁侯之功"——什么都是鲁侯的功劳啊,万岁万岁万万岁,等等等等。

《鲁颂》一共四篇,都是歌唱鲁僖公的。《閟宫》之外,《泮(pàn)水》赞美鲁僖公战胜淮夷以后,在泮宫祝捷庆功,宴请宾客;《有駜(bì)》借良马起兴,"有駜有駜,駜彼乘黄"(黄马儿啊黄马儿,马儿四匹多强壮),歌颂鲁僖公治国有方,如同马儿那样人强国亦强。《駉》诗则如下:

> 駉駉牡马,在坰之野。
> 薄言駉者,有驈有皇,
> 有骊有黄,以车彭彭。
> 思无疆,思马斯臧。
>
> 駉駉牡马,在坰之野。
> 薄言駉者,有骓有駓,
> 有骍有骐,以车伾伾。
> 思无期,思马斯才。
>
> 駉駉牡马,在坰之野。
> 薄言駉者,有驒有骆,
> 有骝有雒,以车绎绎。
> 思无斁,思马斯作。
>
> 駉駉牡马,在坰之野。

薄言驷者，有骃有騢,
有驒有鱼，以车祛祛。
思无邪，思马斯徂。

马儿雄健高又大，放牧远郊好牧场。
要问有些什么马，黑马黄马带白斑，
黑马黄马相交杂，用来驾车真威武。
跑起路来远又长，多么俊美多么强。

马儿雄健高又大，放牧远郊好牧场。
要问是些什么马，苍白黄白相交杂，
赤黄驿和青黑骐，拉起车来真有力。
鲁公思虑真正好，马儿都是栋梁材。

马儿雄健高又大，放牧远郊好牧场。
请看骏马多么好，驊马青色骆马白，
骝马火红骓马黑，驾着车来跑得欢。
鲁公不倦深思考，马儿撒欢腾飞跃。

马儿雄健高又大，放牧远郊好牧场。
请看骏马多么好，黑白驷马红白騢，
黄脊驿和白眼圈，身高体壮把车拉。
鲁公思虑多么正，马儿雄骏跑得远。

《鲁颂·驷》

一气呵成,用了十几个有"马"字偏旁的字("骊""骚""骃""雒""驈""驿""骐""骊""骆""駵""駰""騢""骧"),也有不带"马"而实指马,如用"皇""黄""雏""鱼"等来赞美鲁僖公养马得法,兵强马壮。其实,是暗喻鲁僖公就像鲁国的良驹一般,无疆、无期、无斁、无邪,会带领鲁国人民奔向康庄大道。

这样的反复歌咏,让人联想到后世那为唐太宗立下赫赫战功的昭陵六骏,也会想到韩幹《照夜白图》中李隆基坐骑昂首嘶鸣、四蹄腾骧之态,亦有老杜"一洗万古凡马空"之盎然诗意。

马,自古便是良畜,它不但和人类的活动息息相关,拉车,犁田;负重,载人;腾跃,奔跑。还因为它在远古,是一种兵车装备,为冲锋陷阵所倚重,乃国家战斗力的直接体现。拥有多少良驹,相当于今天,你有多少战机,多少航母,是一个国家军事力量强弱的标志,又是一个国家、族群或家庭富裕程度的证明。

马与上古时期的人类关系太密切,越是熟悉的事物,观察越细致,分类就越多,所以汉字里出现了大量以"马"为偏旁的字,汉语中出现了大量带"马"的成语。比如,《汉语大字典》收录以"马"为偏旁的汉字618个(含已经简化的49个)。

《诗》中,我们常常可以读到这样的词句:"驾彼四骆,载骎骎(qīn)骎"(四马驾车成一行,车儿疾驰马蹄忙,《小雅·四牡》);"我马维驹,六辔如濡"(我的马儿真高骏,六条缰绳多滑顺,《小雅·皇皇者华》);"驾彼四牡,四牡奕奕"(诸侯驾着四马来,四马从容又精神,《小雅·车攻》);"田车既好,四牡孔阜"(猎车坚固灵巧,四匹公马肥壮,《小雅·吉日》);"乘其四骆,六辔沃若"(四匹马来多神气,六根马缰滑溜溜,《小雅·裳裳者华》);"有客有客,亦白其马"(我有贵客来光临,骑着他的大白马,《周颂·有客》)……

可见,四匹马,为当时贵族阶级身份的象征(天子驾六,诸侯驾五,卿驾四,大夫三,士二,庶人一),且因为周尚赤,黄马和红马被偏爱,祭祀也多用黄红色的牺牲。但《駉》诗中,马色斑斓,见其富庶,亦见其包容与广阔;再者,四马六辔,也具有民俗学研究的意义,让我们知晓当时的车马配备情况;三之,对马不厌其烦地描写歌咏,体现了古中国农耕文明与游牧活动的相依相存、相辅相成。

直到今天,马,在中国人心目中,依然是一个有着美好象征意义的词语,人们说马到成功、龙马精神、马上封侯、马不停蹄、万马奔腾……是在传达一种向上的、蓬勃的、充满希望的愿景,期望可以像鲁僖公的红马、黄马、白马、黑马、花马一样,豪气干云,精神抖擞,驰骋腾跃千万里。

# 鼓咽咽

有瞽有瞽,在周之庭。
设业设虡,崇牙树羽。
应田县鼓。鞉磬柷圉。
既备乃奏,箫管备举。
喤喤厥声,肃雝和鸣,先祖是听。
我客戾止,永观厥成。

盲乐师啊盲乐师,聚集周庙前庭上。
钟架鼓架都摆好,钩子装上彩羽毛。
大鼓小鼓高悬起,鞉磬柷圉排成行。
乐器齐备将演奏,箫管并举音绕梁。
众乐齐奏真响亮,徐缓肃穆又和谐,祖先神灵您请听。
我的贵宾也光临,曲终仍觉余味长。

《周颂·有瞽》

《颂》因其为庙堂音乐,有它的庄严肃穆,更因其代表国家最高水准的音乐演奏,所用的乐师、乐器,所选的曲目,一定是高端的、不同凡响的。

《诗经》，传为孔子所修订，孔子是懂音乐的人，亦有"闻韶乐，三月不知肉味"的典故。

韩愈在《师说》这篇文章里，提到"孔子师郯子、苌弘、师襄、老聃"，孔子向郯子学习典章制度，向老聃（老子）问道，向苌弘学习乐理，向师襄学琴。就是说，古代著名的音乐大师，有苌弘、师襄，当然还有师旷。

师旷是位盲乐师。

盲乐师啊盲乐师。俗语说，上帝关上一扇门，一定会为你打开一扇窗。盲人，因为眼睛看不见，听觉一般都较灵敏。中国古代有许多盲童跟着老师学习音乐，及长，能够达到很高的水准——"鼍（tuó）鼓逢逢（péng），矇（méng）瞍（sǒu）奏公"（敲起鼓儿响蓬蓬，奏乐庆功盲乐师，《大雅·灵台》），这里的"矇"和"瞍"，都是盲乐师。

师旷是晋国最著名的乐师，也是春秋时代最负盛名的音乐家，相传他因儿时调皮，不能专心学琴，故意刺瞎双眼，成为盲乐师。他因为听力超群，具有非凡的辨识音律的能力，被人尊奉为"顺风耳"，亦因音乐创作和音乐演奏水平的高超，而成为中国音乐大师。

河南开封禹王台，又名古明台，最早叫吹台，源于师旷曾在此吹奏乐曲。《阳春》《白雪》据说为师旷所作，自古便为"曲高和寡"之代表。

唐以后定型的中国古琴的形制，有"师旷式"，据传即为师旷定下的制式。琴之制式，好用古圣贤命名，"师旷式"之外，还有"伏羲式""仲尼式""列子式"等。大约是古代音乐人，欲践行嵇康"众器之中，琴德最优"的主张，一弦一柱，以先贤风范，照见自我。

值得一提的是，《阳春》《白雪》《广陵散》等名曲本已失传，新中国成立以后，由查阜西先生主持，国内琴学大家共同整理资料，管平湖、吴景略等先生打谱弹奏的上述曲目，均有录音传世，为中华民族保留了一份珍贵的文化遗产。

猗与那与！置我鞉鼓。
奏鼓简简，衎我烈祖。
汤孙奏假，绥我思成。
鞉鼓渊渊，嘒嘒管声。
既和且平，依我磬声。
於赫汤孙！穆穆厥声。
庸鼓有斁，万舞有奕。

多么隆重多么美！竖起我的鼓儿来。
击鼓咚咚咚咚咚，恭敬祭奠我祖先。
襄公祭祀祈神明，赐我顺利拓疆土。
鼓儿阵阵咚咚响，管乐呜呜吹新声。
曲调协协音平和，玉磬一声众乐停。
噫嘻显赫宋襄公！他的乐队多肃穆。
钟鼓齐鸣声动听，万舞洋洋又奕奕。

《商颂·那》

《商颂》五篇，均为殷商的后代、春秋时期的宋国，祭祀始祖成汤的乐歌。这些篇章追述成汤创业之艰辛，业绩之辉煌，礼仪之周至，自有其堂皇盛大的意味。

春秋战国,周室衰微,不过"瘦死的骆驼比马大",再怎么着,王就是王。《周颂》里面的乐歌,才是王者之歌;《商颂》和《鲁颂》,只能称为"公"的祭曲。诸侯王,始终是要低一个级别的。

《史记·宋世家》里说:"襄公之时,修行仁义,欲为盟主,其大夫正考父美之,故追道契、汤、高宗,殷所以兴,作《商颂》。"司马迁这段话的意思是,春秋五霸之一的宋襄公,当年想做盟主,他的手下,一个叫正考父的,为了歌颂他,借歌颂宋的老祖宗契、汤、高宗来歌颂襄公,即赞美商之兴盛,后继有人。

这种写作方法叫作"春秋笔法"。"春秋笔法"是孔子创造的一种文章写法,即在文章的记叙之中表现出作者的思想倾向,而不是通过议论性文辞表达出来。《史记·孔子世家》:"孔子在位听讼,文辞有可与人共者,弗独有也。至于为《春秋》,笔则笔,削则削,子夏之徒不能赞一词。"通俗点说,就是夸赞一个人,或者骂一个人,都不直截了当,而是要拐弯抹角,寓褒贬于曲折的文笔中,体现作文手段的高妙、作者教养的深厚。

如《左传·郑伯克段于鄢》,"春秋笔法"是这样应用的:"书曰:'郑伯克段于鄢。'段不弟,故不言弟;如二君,故曰克;称郑伯,讥失教也;谓之郑志。不言出奔,难之也。"

这段话是说:"《春秋》记载说:'郑伯克段于鄢。'原因是共叔段不遵守做弟弟的本分,所以不说他是郑庄公的弟弟;兄弟俩如同两个国君一样争斗,所以用'克'字;称庄公为'郑伯',是讥讽他对弟弟失教；赶走共叔段是出于郑庄公的本意，不写共叔段出奔，是史官下笔有为难之处。"

这首《商颂·那》片段和《周颂·有瞽》一样，描述了很多的乐器。即所谓"八音克谐"。

我国古代的乐器通常分为八大类：金、石、土、革、丝、木、匏、竹。这八类乐器是先秦时期人民所创造，并代代传承之中华民族的传统乐器，即"华夏旧器"，为后世雅乐专用。

金：指以金属（多为青铜器）制造的乐器。如钟、铃、镈（bó）、铙（náo）、钲（zhēng）等。

石：即以石或玉制成的乐器。如磬（qìng）。

土：以泥土烧制而成的埙（xūn）、缶（fǒu）等。

革：以兽皮为主要材料制成的乐器。如鼓、鼗（táo）、鼙（pí）等。

丝：指以蚕丝等物做琴弦的琴和瑟等乐器。

木：是用竹木制成的板、柷（zhù）、敔（yǔ）等乐器。丝竹音乐，多以琴瑟以及箫管等乐器组合，比如后来的江南丝竹等。

匏：指用葫芦制作而成的笙、竽等乐器。

乐器中，最高雅肃穆的，代表中国文化至美至正的，当

匏

然是钟鼓琴瑟箫管磬籥（yuè）。

如果读者朋友有幸去参观曾侯乙墓发掘的六十五件一整套编钟，定会为我们祖先高超的音乐技艺和音乐水准所征服并深感震撼。在音乐剧《云南的响声》中，杨丽萍把云南民间对鼓乐的阐释搬上舞台，那人和音乐节奏的相通相谐，敲击自灵魂深处的鼓点，激越而又撼人心魄。

琴，一琴一木，一琴一人，人与大自然和谐共鸣。

琴，又称"七弦琴"，通称"古琴"。琴有九德之说，乃君子之器，象征正德。因此，琴为正乐。书写时请注意琴字上部的双王不能写作提王旁。据《纲鉴易知录》载：伏羲斫梧桐木为琴，绳丝为弦，绠桑为瑟。《帝王世纪》载：神农始作五弦之琴，以具宫商角徵羽音。历九代至文王，复增其二弦，曰少宫、少商。共七弦。

琴音悠悠，千年唱响。瑟依然，箫管依然。

在音乐的历史长河中，籥和磬的声音渐渐式微，渐渐隐去。

古人曰"钟鸣鼎食"，曰"金声玉应"，曰"琴瑟和谐"，曰"箫管齐鸣"，曰"黄钟毁弃，瓦釜雷鸣"，意味着阳春白雪的庙堂之音，必然属于钟、鼓、琴、瑟、箫、管、磬……由其和谐与相契的演奏，体现国泰民安的盛况，传达一种心中的社会理想与音乐理想。有礼有乐，和谐和睦，"我有嘉宾，鼓瑟吹笙"。至于瓦缶，《史记·廉颇蔺相如列传》中，蔺相如请秦王为赵王击缶，本身就含有轻贱的意味。可见瓦缶，是下里巴人使用的乐器，因而在2008年奥运开幕式上，张艺谋策划千人击缶，曾被先秦史专家批评为"不入流"、不合时宜、不解音律。

来吧，我们来读，读这诗中的和谐与美好——

鼓钟将将,淮水汤汤,忧心且伤。淑人君子,怀允不忘。
鼓钟喈喈,淮水湝湝,忧心且悲。淑人君子,其德不回。
鼓钟伐鼛,淮有三洲,忧心且妯。淑人君子,其德不犹。
鼓钟钦钦,鼓瑟鼓琴,笙磬同音。以雅以南,以籥不僭。

《小雅·鼓钟》

"钟鼓喤喤,磬筦将将"(《周颂·执竞》),悠远的鼓钟,从远古来,从庙堂来,从生活来:"钟鼓乐之""琴瑟友之""诗言志,歌永言,声依永,律和声,八音克谐,天相夺伦,神人以合"。(《尚书·尧典》)

"八音克谐"。是的,在这里,既有孔子所说"郁郁乎文哉!吾从周"("大周的礼仪制度,是多么丰富而完备啊!我遵从周朝的制度",《论语》),亦有"人之好我,示我周行"("人们跟我和睦相处,教导给我美好道理",《小雅·鹿鸣》),多么和谐,多么美好。

永存于我们的《诗》。

# 第五章 风从周来

野有蔓草，零露漙兮。

有美一人，清扬婉兮。

邂逅相遇，适我愿兮。

# 胡不喜

学文学或者艺术的学生,大学时代,老师常说,假期带你们去采风。

采风?哦,原来老师的意思是让你们到乡下去,到田间地头去,到野外去,记下人们的故事与歌唱,欢乐和喟叹;学习民间那些热烈烈又直露露的表达,水灵灵又活泼泼的技艺与表现。

采风去,采风去。

原来,采风,本是源于《诗经》的啊。

《风》中,最为生动的莫过于《郑风》二十一篇。

可是,孔子说:"郑声淫。"①

来,听我们民间的情歌,唱得是多么火辣辣:

"大理三月好风光哎,蝴蝶泉边好梳妆,蝴蝶飞来采花蜜哟,阿妹

---

① 《论语》中孔子曰:"行夏之时,乘殷之辂,服周之冕,乐则《韶》舞,放郑声,远佞人。郑声淫,佞人殆。"《汉书》中班固言郑国"土陋而险,山居谷汲,男女亟聚会,故其俗淫"。《诗集传》中朱熹言:"郑、卫之乐,皆为淫声。然以《诗》考之,卫诗三十有九,而淫奔之诗才四之一;郑诗二十有一,而淫奔之诗已不翅七之五。卫犹为男悦女之辞,而郑皆为女惑男之语;卫人犹多刺讥惩创之意,而郑人几于荡然无复羞愧悔悟之萌。是则郑声之淫,有甚于卫也。"

梳头为哪桩,哎——有心摘花莫怕刺,哎——有心唱歌莫多问,有心撒网莫怕水哟,见面好相认。明年花开蝴蝶飞,阿哥有心再来会,苍山脚下找金花,金花是阿妹。苍山脚下找金花,金花是阿妹……"

难道感情的事,一定得分清男追女还是女追男,不是两情相悦最美的吗?

不过孔老夫子、班老夫子、朱老夫子在他们的那个时代,只能如此了,我们无法苛求,不能非圣无法。

打开《风》来读,散落一地的珍珠,熠熠生辉,耀眼夺目。《风》,因为它的贴近人心、贴近人情、通俗易懂而朗朗上口,最为人们称道而被引用最多。零落的珍珠,却有一根丝线维系牵连,若隐若现。那是真挚的线、诚朴的线、纯洁的线,是来自心底的坦白而无须伪饰的无限深情的线。

在爱情里,人是最真的,最美的——是的,你读读看,这样的好女子:

"野有蔓草,零露漙(tuán)兮。有美一人,清扬婉兮。邂逅相遇,适我愿兮。"(《郑风·野有蔓草》)眉清目秀的女子啊,如朝露,如流霞,与你邂逅,一见钟情。

"有女同车,颜如舜华。将翱将翔,佩玉琼琚。彼美孟姜,洵美且都。"(《郑风·有女同车》)你有像木槿花那般的容颜啊,佩玉在你的长裙上摇晃。"凌波微步,罗袜生尘",实在是美好啊。

还有这样的好男子:"叔于田,巷无居人。岂无居人?不如叔也,洵美且仁。"(《郑风·叔于田》)小哥你去打猎了呀,巷子里就像没人居住。世上的人都比不上你啊，又美好又仁慈。

"青青子衿，悠悠我心。"(《郑风·子衿》)"既见君子，云胡不夷？"(《郑风·风雨》)"溱（zhēn）与洧（wěi），浏其清矣""维士与女，伊其将谑，赠之以勺药。"(《郑风·溱洧》)

翻看郑风，都是这真挚热忱的赞美与描摹。这样的歌唱，哪里会有一丁半点的"淫"？

这样的诗歌词句，令人悠悠神往。总要回想起，情窦初开的年纪，遇到的那个眉目姣好的女子；或者，在青春年华失去的那永不复返的爱恋。

《诗经》中，《二雅》有一些对感情的描写，而《颂》却没有。

爱情，是一生中最美好的感情啊，我们怎能不为它歌唱？

金庸武侠小说《神雕侠侣》中，有一段《诗经》中的爱情：

重伤后的杨过醒来，"转头只见窗边一个青衫少女左手按纸，右手握笔，正自写字……""见所处之地是间茅屋的斗室，板床木凳，俱皆简陋，四壁萧然，却是一尘不染，清幽绝俗。床边竹几上并列着一张瑶琴，一管玉箫"。

杨过"忙取过一条她做衫时留下的布线，一端黏了块粽子，掷出去黏住她撕破的碎纸，提回来一看，不由得一怔。原来纸上写的是'既见君子，云胡不喜'八个字。那是《诗经》中的两句，当年黄蓉曾教他读过，解说这两句的意思是：'既然见到了这男子，怎么我还会不快活？'……黏回来十多张碎纸片，但见纸上颠来倒去写的就是这八个字。细想其中深意，不由得痴了"。

镜头切换。程英,这个身着青衫、横吹碧箫的温婉女子,她灵动的素手轻抚琴弦,反反复复弹奏着《诗经》里的《风雨》,满心的思绪流淌在古琴上。她爱杨过,可是杨过已经有了小龙女。知君不晚,可惜遇君已迟。知道你心有所属,所以,即使我站在你面前,也无法对你说出内心汹涌澎湃的款款深情啊。

白纸素笺,她一遍遍地写下:"既见君子,云胡不喜?既见君子,云胡不喜?"

内心的深情,飞落于眼梢眉间,写成了气定神闲的落寞与恬淡。

程英,是金庸《神雕侠侣》中,除小龙女外,最美最痴心的女子:"杨过眼前陡然一亮,见那少女脸色晶莹,肤光如雪,鹅蛋脸儿上有一个小小酒窝,微现腼腆。"她聪明却不锐利,秀美却不娇弱,清雅绝俗的外表下,有一颗善解人意、温柔如水的心。

毋庸置疑,程英深爱杨过,自那夜她戴着面具,杨过与她以《诗经》相和,心便惊了,难复平静。

一见杨过误终身。程英,该是爱得最坚贞的一个。纵使杨过有情深不改的小龙女,有那么多爱慕他的人,可她还是一如既往,除却巫山不是云。既不能与君相守,便在心里坚守这份没有海誓山盟依然海枯石烂的约定吧!

十六年后,"这一日,艳阳和暖,南风熏人,树头早花新着,春意渐浓。程英指着一株桃花,对黄蓉道:'师姊,北国春迟,这里桃花甫开,桃花岛上的那些桃花树却已在结实了罢!'她一面说,一面折了一枝桃花,拿着把玩,低吟道:'问花花不语,为谁落?为谁开?算春色三分,半随流水，半入尘埃。'黄蓉见她娇脸凝脂，眉黛鬓青，宛然是十多年前的好女儿颜色，想象她这些年来香闺寂寞，自是相思难遣，不禁暗暗为她难过。"

不禁暗暗为她难过。

依稀仿佛，远远地，那首初相识时，她为他吹奏的曲子隐隐传来——

"这首曲温雅平和，杨过听过几遍，也并不喜爱。但听她吹的翻来覆去总是头上五句'瞻彼淇奥，绿竹猗猗，有匪君子，如切如磋，如琢如磨'，或高或低，忽徐忽急，始终是这五句的变化，却颇具缠绵之意。杨过知道这五句也出自《诗经》，是赞美一个男子像切磋过的象牙那么精致，像琢磨过的美玉那么和润。"

此情可待成追忆，只是当时已惘然。

# 溱与洧

桃花儿开了,李花儿开了,梨花杏花开了……春暖花开三月三。

小芹,我们的女主人公,在村外遇到情哥哥小二黑,有这么一段精彩故事留了下来。

溱与洧,方涣涣兮。

士与女,方秉蕳兮。

女曰:"观乎?"

士曰:"既且。"

"且往观乎?"

洧之外,洵訏且乐。

维士与女,伊其相谑,赠之以勺药。

溱与洧,浏其清矣。

士与女,殷其盈矣。

女曰:"观乎?"

士曰:"既且。"

"且往观乎?"

洧之外,洵訏且乐。

维士与女，伊其将谑，赠之以勺药。

溱水悠，洧水悠，三月冰融水儿流。
姑娘小伙心儿欢，戴着香草踏青来。
小芹说："我们一起去看看？"
小二黑："我刚去了回转来。"
"再去看看嘛？"
洧水边，河岸旁，真是又宽又好玩。
多少小伙和姑娘，大家又笑又玩乐，赠枝芍药表心怀。

溱水悠，洧水悠，三月河水清幽幽。
姑娘小伙来春游，人山人海满当当。
小芹说："我们一起去看看？"
小二黑："我刚去了回转来。"
"再去看看嘛？"
洧水边，河岸旁，真是又宽又好玩。
多少小伙和姑娘，大家又笑又玩乐，赠枝芍药表心怀。

小芹对小二黑说，洧水边，河岸旁，真是又宽又好玩，我们一起去看看？小二黑说，我刚去了回转来。小芹说，再去看看嘛。

诗写得很简单，第二章重复歌唱，只换了寥寥数字，简约而清新。

小二黑悻悻回转来的失望与见到情人的喜出望外，小芹的大胆热烈和隐隐的娇羞，就在短短词句间，如临眼前，如在昨日；如同身边人，亦如自己。

不得不佩服诗人观察之细腻，火候拿捏之准确，表达人情之自然天成。没有丝毫做作，就是一个生活小细节，写得那么美，那么真实而又浪漫。

到了水边，第二次相见的小芹和小二黑，互赠芍药以表情意。

芍药，不是现在花如牡丹的木芍药，而是草芍药，又名江蓠，意蕴"将离"。王先谦《诗三家义集疏》："韩说：芍药，离草也；言将别离赠此草也。"又因古代勺与约同声，情人借此诉衷情、结良约（马瑞辰《毛诗传笺通释》）。

这是《郑风·溱洧》，歌唱的依然是活泼泼、火辣辣的爱情。

农历三月初三，是中国古代的上巳（sì）节。在这个日子里，农事不忙，春来了，草绿了，花开了，万物萌动，人们约定一起去郊外踏青。青年男女更是高兴，可以见面对歌，嬉笑玩乐。遇到心仪的对象，便可赠花以定情。

"礼失而求诸野"，上巳节在汉族地区已经渐渐被人们遗忘。今天，在我国西南广大少数民族地区，三月三，依旧是一个相当重要的节日。在粉红雪白的桃树梨树下，在野外，在山上，在水边，多少青年男女期待已久，翘首以盼，脸红心跳就为了这一刻：侗族大歌、壮族对歌、哈尼山歌；白族三弦、苗族芦笙、傣族葫芦丝……三月三，人们唱歌，舞蹈，相遇，相爱。眼波流转，巧笑频频。歌声中流淌着多少情意与温暖，多少世俗日子的绵绵。

年长的爷爷奶奶、父亲母亲与叔叔伯伯，看着孩子们的春之狂欢，眼角眉梢满是笑。他们是在回想自己那青春年代的爱情与欢乐吧。

芍药

上巳,也称"元巳",在古代,上巳节是祓禊的重要节日。

张衡在著名的《南都赋》里这样描写南阳上巳节的热闹与繁华:"于是暮春之禊(xì),元巳之辰,方轨齐轸(zhěn),祓(fú)于阳濒。朱帷(wéi)连网,曜(yào)野映云。男女姣服,骆驿缤纷。致饰程蛊(gǔ),偠(yǎo)绍便娟。微眺流睇(dì),蛾眉连卷。于是齐僮唱兮列赵女,坐南歌兮起郑舞。"

这段赋的意思是,在暮春的上巳的早晨,举行临水洗濯、祓除不祥的祭祀,万车齐发,停在水边。车子装饰得多么漂亮,漫山遍野几可映云。男女穿上了好看的衣服,往来不绝,缤纷耀眼。个个打扮得花枝招展,姿容不凡。巧笑倩兮,美目盼兮。歌儿唱起来了,舞儿跳起来了。

这是采用汉赋的铺陈,以骈文的华丽与工致对仗,展现歌舞升平的热闹与繁华。记载和描写上巳这个日子,最著名的,还有王羲之的《兰亭集序》。兰亭曲水流觞,留下中华民族书法史上最为夺目耀眼的一颗明珠,也记下了文化史和风俗史的千古悠然。

来来,让我们一起来诵读,这流芳千古的中华民族的乐事与雅歌:

> 永和九年,岁在癸丑,暮春之初,会于会稽山阴之兰亭,修禊事也。群贤毕至,少长咸集。此地有崇山峻岭,茂林修竹;又有清流激湍,映带左右,引以为曲水流觞,列坐其次。虽无丝竹管弦之盛,一觞一咏,亦足以畅叙幽情。
>
> 是日也,天朗气清,惠风和畅,仰观宇宙之大,俯察品类之盛,所以游目骋怀,足以极视听之娱,信可乐也……

曲水流觞,茂林修竹;溱洧之畔,互赠芍药。群贤毕至,少长咸集;维士与女,伊其将谑。一觞一咏,畅叙幽情;浏其清矣,殷其盈矣——吴闿生《诗义会通》卷一称"有绘水绘风手段"。多么的风雅,多么的自然美好,多么的情深意长。

# 将仲子

国家强大了,必然会是一个"将安将乐"的和平社会——仲子:中子,第二子。"将仲子",这里不妨将其引申为希冀子孙中兴。

中华民族,因有儒家礼乐文化作为支撑,温柔敦厚,大方雍容,得以绵延久远。读诗,我们可以读到,就是在西周最为强盛的文武成康时期,中国也从来不是主动侵略型的,而是文"化"蛮夷,先礼后兵,更多的是文质彬彬的礼尚往来。

因而,读后世欧阳修的《新五代史》,读到五代乱世,礼崩乐坏,夷狄之君,短少文化,没有底线,杀人如麻。最终,这些君王都免不了身死人手,为天下笑。每每掩卷长叹。

而我们汉民族最初的歌唱,就连谈恋爱,亦是既有大家闺秀的端庄矜持,又带小家碧玉的含蓄内敛。你听。

> 将仲子兮,无逾我里,无折我树杞。
> 岂敢爱之?畏我父母。
> 仲可怀也,父母之言亦可畏也。
>
> 将仲子兮,无逾我墙,无折我树桑。

岂敢爱之？畏我诸兄。

仲可怀也，诸兄之言亦可畏也。

将仲子兮，无逾我园，无折我树檀。

岂敢爱之？畏人之多言。

仲可怀也，人之多言亦可畏也。

《郑风·将仲子》

小二哥呀，你不要翻邻居和我家的墙，不要折断我家的杞树、桑树和檀树好不好？我虽然心中爱你，但是我怕我的父母、兄长责备；再就是，我好害怕流言蜚语呢，毕竟人言可畏呀。

一个怀春的少女，欲迎还拒的娇羞，绘声绘色展现眼前。

依然是一首郑国的歌，说的是郑国的那些事儿。

同样文质彬彬的内里，还表现于征战杀伐之间。

《左传》载："郑伯将伐许，五月甲辰，授兵于大宫。公孙阏与颍考叔争车，颍考叔挟辀以走，子都拔棘以逐之，及大逵，弗及，子都怒。"

这段话说的是：郑伯（郑庄公）将讨伐许国，五月甲辰（十四日）这一天，在太庙举行誓师大会，分发武器。公孙阏与颍考叔争夺兵车，颍考叔拉着车辕狂奔，子都（公孙

杞

阏）拔戟追逐，追到大逵都没追上，子都很生气。

郑庄公试图争霸春秋，开疆拓土，是日，即将出征许国，郑国文臣武将聚集一堂，举办一场"先锋官"的比武选拔大会。贵族子弟如子都、颍考叔、瑕叔盈等皆报名前来，想要通过"秀肌肉"展示实力。春秋战国，即便公族世家子弟，也希望以攻伐作战证明自己的能力，以征战沙场为最高荣誉。

桑

凝练而传神，虽即将征战，亦有不动声色的含蕴内敛。是史书，又是精彩的人物传。

那么，故事中的子都，是何许人也？他名叫公孙阏，字子都，人们称他为"都先生"。他是郑桓公的孙子，郑武公弟弟公子吕（字子封）的儿子，也就是郑庄公的堂弟，属于姬姓家族嫡系子孙，郑国的公族子弟。他面容姣好，才华出众。此时，他在太庙，以展示自己、为国家征战沙场为荣，不如人意，难免恼羞成怒。

不论如何，我们看到了叙述的克制，人物塑造的点到为止。

关于子都，另一首诗是这么描述的：

山有扶苏，隰有荷华。

不见子都，乃见狂且。

山有桥松,隰有游龙。

不见子充,乃见狡童。

《郑风·山有扶苏》

也是一首郑国的歌儿。

起首两句说:"山上有茂盛的扶苏,池里有美艳的荷花。"扶苏也就是桑树,漫山遍野的、茂盛的桑树。秦始皇儿子、公子扶苏的名字便出于此。

没见到子都美男子啊,偏偏遇见你这个小狂徒。山上有挺拔的青松,池里有丛生的水荭。没见到子充好男儿啊,偏偏遇见你这个小狡童。

子都和子充,都是当时著名的美男子,子都更是公认的春秋第一美男子。关于子都的容貌,连孟老夫子都称赞呢。《孟子·告子上》载:"至于子都,天下莫不知其姣也。不知子都之姣者,无目者也。"意思是全天下没有人不知道子都的英俊容貌,不知道子都的人是不长眼睛的。

子都武艺超群,相貌英俊,深得郑庄公宠爱。但他心胸狭隘,以"暗箭伤人",射死颍考叔,青史留骂名。子都后人以父字为氏,称都姓。《左传》中记录这件事情如下:

"秋七月,公会齐侯、郑伯伐许。庚辰,傅于许,颍考叔取郑伯之旗蝥弧以先登。子都自下射之,颠。瑕叔盈又以蝥弧登,周麾而呼曰:'君登矣!'郑师毕登。壬午,遂入许,许庄公奔卫。"

秋七月,鲁隐公会合齐僖公、郑庄公一同去讨伐许国。庚辰(初一)日,大军进至许国都城下。颍考叔举着郑庄公的蝥弧旗帜登上城头,公孙阏从城下向颍考叔射了一箭，颍考叔从城头摔了下来。郑大夫瑕叔盈再次举起这面旗登上城头，并向四周挥动旗帜呼喊说："我们的国君已登上城头了。"郑国军队听到呼喊，全都登上了城头。壬午（初三）日，三国军队进入许国都城。许庄公逃到卫国去了。

依然并无血腥。

再回过头来说，这首《郑风·山有扶苏》是这样的，一个有山有水、开满鲜花、长满青松与桑木的僻静之地，一对恋人约好到此幽会。到时间了，男子没来，女孩儿早早就来了，左等右等依然不见心上人。最后，男子终于来了，姑娘心里虽很高兴，可嘴里却要反着说：我等的是子都那样的美男子，可不是你这样的狂妄之徒啊！我等的是子充那样的良人，可不是你这样的狡狯少年啊！借女子之口的俏骂，写出了少男少女亲密无间的感情，小儿女的娇羞与欣喜的情态在诗中被刻画得入木三分。

清人张潮的《幽梦影》有言："梅令人高，兰令人幽，菊令人野，莲令人淡，松令人逸。"那俊美的少年呢？呵呵。

子都虽然做了不光彩的事情，但后世以他为原型塑造了一类中国古典小说特有的典型人物，那便是相貌英俊、本领高强但心胸狭窄的英雄人物形象。比如《三国演义》里的周瑜和吕布，《隋唐演义》里的小英雄罗成，《七侠五义》里的白玉堂，《大明英烈传》里的郭英，《水浒传》中的蒋超等等。这类人物由于相貌出众，心狠手辣，性格复杂，内外反差较大，亦正亦邪，比较容易出彩，因而人物魅力也比较大。

# 夏之日

通过对话写爱情的诗歌,《诗经》中还有另外几首,亦是生动活泼、妙趣横生。

女曰鸡鸣,士曰昧旦。
子兴视夜,明星有烂。
将翱将翔,弋凫与雁。

弋言加之,与子宜之。
宜言饮酒,与子偕老。
琴瑟在御,莫不静好。

知子之来之,杂佩以赠之。
知子之顺之,杂佩以问之。
知子之好之,杂佩以报之。

女子她说鸡叫了,男子说天还暗着。
你快起来看看天,启明星儿亮闪闪。
去看翱翔的鸟儿,打个野鸭和飞雁。

雁

射中野鸭味道好，我来做菜给你吃。
吃菜饮酒相对坐，和你一起慢慢老。
同心一起如琴瑟，岁月安静又美好。

你的体贴我知道，这个玉佩你戴上。
你的温顺我明白，戴上玉佩心相通。
你对我好全知道，戴上玉佩表衷肠。

《郑风·女曰鸡鸣》

鸡既鸣矣，朝既盈矣。

匪鸡则鸣，苍蝇之声。

东方明矣，朝既昌矣。

匪东方则明，月出之光。

虫飞薨薨，甘与子同梦。

会且归矣，无庶予子憎。

你听公鸡喔喔叫，大家都已去上朝。

哪是什么公鸡叫，分明苍蝇嗡嗡闹。

你瞧东方天已亮，朝会已经挤满堂。

不是什么东方亮，那是窗前明月光。

虫声嗡嗡惹人睡，还想和你同入梦。

朝会就要结束了，别惹大家说短长。

《齐风·鸡鸣》

前一首，以深情绵长的浓笔，描写一对新婚的夫妇在天将亮未亮时的对话。天就要亮，启明星儿亮闪闪，鸡叫了，男子准备去打猎。女子千叮万嘱，她说："打猎回来我做饭，吃肉喝酒多欢喜。戴上这块玉佩吧，出入平安快快回。""宜言饮酒，与子偕老。

琴瑟在御，莫不静好"之深情厚谊，之和谐美好，之言有尽而意无穷，使其成为千古名句，今天我们还用它来表示百年好合，表达对感情的珍视与祝福。

凫

后一首，应该是老夫老妻吧？他是个官，当差久了，有点麻木，有些"皮"了。早上鸡叫，老妻催他起来上朝，他推三阻四，不肯离开热被窝。老妻的敦厚诚朴，官儿的无赖赖床，让人想起生活中类似的趣事，忍俊不禁。或许，他就是你家的那个大老爷们？或许，他的推脱里也有旁人不知的公务员的苦衷和郁闷？"肃肃宵征，夙夜在公"——急急忙忙赶夜路，早早晚晚为了公，《召南·小星》里的这个芝麻官儿，可是他的写照？

只能叹"寔（shí）命不同"，人和人的命，差距咋这么大呢？

而写男女之情，最为出挑和大胆的，莫过于这首《召南·野有死麕》，尽管《毛诗序》和朱熹老夫子一再强调《周南》《召南》的雅正和美，但音乐已经失传，我们听不到。可是，文字在眼前，不容置疑，青春的激情和爱情的甜美热辣，哪里由得他们说三道四？

野有死麕(jūn)，白茅包之。

有女怀春，吉士诱之。

林有朴樕(sù)，野有死鹿。

白茅纯束，有女如玉。

"舒而脱脱兮!
无感我帨兮!
无使尨也吠!"

野外有死鹿,我用白茅包。

有少女怀春,小伙来诱她。

小木条照明,野外有死鹿。

白茅捆住它,有女颜如玉。

"轻点慢点悠缓点!

不要动乱我围裙!

别让大狗叫汪汪!"

《召南·野有死麕》

春花儿开了,女孩起了相思之情,刚好这时遇到了自己心爱的人。谁先起了念,谁挑逗谁?谁又说得清?《牡丹亭》里,婷婷袅袅杜丽娘唱:"袅晴丝吹来闲庭院,摇漾春如线。停半晌整花钿,没揣菱花偷人半面,迤逗的彩云偏。我步香闺怎便把全身现。"(汤显祖《牡丹亭·惊梦》)是春意撩动人心,还是丽人为了心中莫名的春情巧装扮?她梦到他,痴了,傻了,于是粉身碎骨。

不早不晚,于千万人之中,千万年之中,刚好遇见。

"近者分明似俨然,远观自在若飞仙。他年得傍蟾宫客,不在梅边在柳边。"柳、杜的痴心真情终于感动上苍,老天爷让因相思成疾郁郁而终的杜丽娘还了魂。

爱情中,总是有那么多动人的痴情与任性,只要爱,如果爱:"不要让爸妈知道啊,不要把我的裙衫弄乱,不要让我家的大狗叫起来。"

还有那跨越生死的思恋:"夏之日,归于其室。"(《唐风·葛生》)没有你的日子里,夏天煎熬,冬夜孤寂,终有一天我要去地下与你相聚。这是公元前十世纪的事儿,古中国的"仲夏夜之梦",离现在有三千五百多年了。

人类的真心真情,从未改变。

# 扬之水

"扬之水",当时民歌流行的开头,意思是指那悠悠长长的流水——以此起兴。

"那悠悠长长的流水啊,哪能漂走柴火?我们亲兄弟啊,自然要相亲相爱。"

"扬之水",在《诗经》中,一共有三首。

《郑风·扬之水》用"扬之水"起兴,说缓慢悠长的流水啊,不可以漂走柴火,强调一家人要勠力同心,不能被外人挑拨离间,坏了情谊。

扬之水,不流束楚。

终鲜兄弟,维予与女。

无信人之言,人实诳女!

扬之水,不流束薪。

终鲜兄弟,维予二人。

无信人之言,人实不信!

那悠悠的流水啊,哪里能飘走荆条。

我们兄弟本来少,你我一定要同心。

> 不要轻信他人言，人家真的在骗你！
>
> 那悠悠的流水啊，哪里能飘走柴火。
> 我们兄弟本来少，你我一定要同心。
> 不要轻信他人言，别人挑拨不可靠！

是《风》诗的简明易懂，其中道理，显而易见。

《唐风·扬之水》则以清幽而缓慢的流水，衬出水底白石，昭示一切终将水落石出、河清海晏，告诉鲁昭公有人要谋反，应多加小心，以防丢了江山。

> 扬之水，白石凿凿。
> 素衣朱襮(bó)，从子于沃。
> 既见君子，云何不乐？
>
> 扬之水，白石皓皓。
> 素衣朱绣，从子于鹄。
> 既见君子，云何其忧？
>
> 扬之水，白石粼粼。
> 我闻有命，不敢以告人。
>
> 河水悠悠缓缓流，水清白石明凿凿。
> 身穿素衣衣领红，跟您由沃赴疆场。
> 既然见了曲沃君，为啥心里不开怀？
>
> 河水悠悠缓缓流，水清白石皓如月。

> 素衣绣上红花纹，跟您一起到鹄城。
> 既然见到曲沃君，为啥心里反忧愁？
>
> 河水悠悠缓缓流，水清白石多晶莹。
> 听说将有政变事，事儿机密不告人。

虽然气氛紧张又神秘，但可谓欲盖弥彰，其目的就是要巧妙地告知晋昭公有人图谋不轨。"既见君子，云何不乐？"[①] 后世常借用这句诗来表达欲言又止、无法道明的万千心事。

《王风·扬之水》则以"扬之水"的悠长缓慢，表达一个驻守边关的士兵对远在家乡的亲人的悠悠思念：

> 扬之水，不流束薪。
> 彼其之子，不与我戍申。
> 怀哉，怀哉，曷月予还归哉？
>
> 扬之水，不流束楚。
> 彼其之子，不与我戍甫。
> 怀哉，怀哉，曷月予还归哉？
>
> 扬之水，不流束蒲。
> 彼其之子，不与我戍许。

---

① 扬之水，《诗经名物新证》："同样的句式，五见《国风》，五见《小雅》。即《周南·汝坟》《召南·草虫》《郑风·风雨》《唐风·扬之水》《秦风·车邻》；《小雅》之《菁菁者莪》《蓼萧》《頍弁》《隰桑》《出车》。"

怀哉，怀哉，曷月予还归哉？

河水悠悠流过来，难漂小小一捆柴。
想起我的心上人，我守边关她难来。
日日夜夜思念啊，什么时候我能回家乡？

河水浅浅慢慢流，一捆荆条漂不走。
想起我的心上人，不能同来守边关。
日日夜夜思念啊，何日我能与她相聚首？

河水缓缓流远方，一束蒲柳流不动。
想起我的心上人，不能来许我心伤。
日日夜夜思念啊，什么时候我能回家乡？

以河水的悠长缓慢，映衬自己心底的思念长长，忧伤长长。家那么远，亲人的笑容那么温暖，越是远离，越是想她。

三首同为《扬之水》的诗，分别出自王风、郑风、唐风，这说明《扬之水》作为民歌的通俗性与广泛性。另外，也说明这三地的同一性。

我们从地理位置上来看。

王风，指洛邑地区的歌儿。洛邑，也就是后来东周的都城，现在的河南洛阳地区及周围。朱熹言："王，谓周东都洛邑王城畿内方六百里之地，在《禹贡》豫州大华外方之间，北得河阳，渐冀州之南也。"

郑风，河南中部的歌儿。朱熹云："郑，邑名，本在西都畿内咸林之地。宣王以封其弟友为采地，后为幽王司徒，而死于夫戎之难，是为桓公。"这段话的意思是，周宣王封其弟姬友于郑（今陕西华县境内），

狄戎侵西周，周幽王和周司徒姬友死于战乱。姬友，就是郑桓公。

郑桓公之子郑武公在东方重建郑国，都城为新郑，在今河南郑州。

唐风，就是晋国的歌儿。晋国，其领土范围在今山西中南部。周成王封其弟姬叔虞于唐，建都今山西翼城南。起初叫"唐"，"南有晋水，至子燮（xiè），乃改国号曰'晋'"（朱熹：《诗集传》）。晋武公迁曲沃，晋献公迁绛，晋景公迁新田（今山西侯马市）。"其地土瘠民贫，勤俭质朴，忧思深远，有尧之遗风焉"（朱熹：《诗集传》）。

蒲

王、郑、唐三地紧挨着，位于今河南省中部、北部以及山西省的中南部地区，民风淳朴。因此，三地风尚近似甚至相同相通就不难理解了。我们认为，如果卫风、邶风、鄘风可归为同一类的话，那么王、郑、唐三风同属一家也未尝不可。

细读王风就会发现，充斥其间的，是一种好日子逝去后的感叹与伤感，也难怪，东周和西周，真是没得比。"古之读诗者，于一物失所，而知王政之恶；一女见弃，而知人民之困"（朱熹：《诗集传》）。

"扬"在汉语里，既有舒缓的一面，亦有激越的一面；既有温情的一面，亦有忧伤的一面。不管怎么说，以它起兴，总有一些共通，那就是将浓烈的感情化为深沉内敛、轻声低吟。"扬之水"，我们而今仍然可以从诗中清晰地读到，那淡淡的忧伤、浓浓的情意。

# 嗟予子

陟彼岵兮，瞻望父兮。

父曰："嗟予子，行役夙夜无已！

上慎旃哉，犹来无止！"

陟彼屺兮，瞻望母兮。

母曰："嗟予季，行役夙夜无寐。

上慎旃哉，犹来无弃！"

陟彼冈兮，瞻望兄兮。

兄曰："嗟予弟，行役夙夜必偕。

上慎旃哉，犹来无死！"

《魏风·陟岵》

我站在青葱的山岗，瞻望我的父亲啊。

父亲对我说："儿哪，你去当兵白日黑夜劳累不停，千万千万要小心，一定要平安回来啊。"

"不要忘记娘亲啊！"母亲嘱咐。

"不要忘记故乡，埋骨他乡啊！"兄长叮咛。

读着这样的一首诗，一唱三叹，亲情缱绻，相信很多人，都会忍不住流眼泪。

我们为什么喜欢《风》？《风》里，有着最真挚的情意。

> 昔我往矣，杨柳依依。
> 今我来思，雨雪霏霏。
> 行道迟迟，载渴载饥。
> 我心伤悲，莫知我哀！

《采薇》，不是《风》，却有《风》的深致，《雅》的从容。

《陟岵》与《采薇》都是写的行役，写的离别，写的人面对命运的无可奈何，写的亲人间魂牵梦萦的牵挂与思念。

千百年来，这样的亲情人情，又何尝变过？

龙应台在《如果你为四郎哭泣》一文里写道："遥远的十世纪，宋朝汉人和辽国胡人在荒凉的战场上连年交战。杨四郎家人一一壮烈阵亡，自己被敌人俘虏，娶了敌人的公主，在异域苟活十五年。铁镜公主聪慧而善良，异乡对儿女已是故乡，但四郎对母亲的思念无法遏止。悲剧的高潮就在四郎深夜潜回宋营探望老母的片刻。身处在'汉贼不两立'的政治斗争之间，在爱情和亲情无法两全之间，在个人处境和国家利益严重冲突之间，已是中年的四郎跪在地上对母亲失声痛哭：'千拜万拜，赎不过儿的罪来……'"

我们读这段，读到绵绵的深情，读到不绝如缕的哀思。

她是想表达，在台湾的老兵，她的父亲，是如何想念家乡和亲人的。

> 葬我于高山之上兮，望我大陆；

大陆不可见兮,只有痛哭!

葬我于高山之上兮,望我故乡;
故乡不可见兮,永不能忘!

天苍苍,野茫茫;
山之上,国有殇!

——于右任先生诗

"一样的月光,一样地照着新店溪……"

谁无父母,谁无兄弟姐妹?"哀哀父母,生我劬(qú)劳""母氏圣善,我无令人"。《诗》,诉说着我们心里最想说的。

一直以来,《陟岵》《采薇》,都是人们最为推崇的诗篇。

人类的感情,可以这样的深沉,这般的欲说还休。

我们读《采薇》——委婉的韵致,并非直白的呼喊,也没有激烈的抗争,愈淡却愈厚愈浓。

也许,是采薇时候的泥土芬芳、柔条妙曼?也许,是顾盼时候的颦笑温柔、悄言软语?也许,是茶炊饮具上轻轻拂掉的那些浅土轻尘,留下的淡淡清香?

都还记得。当然记得。有过的鸿爪雪泥,一点点,一天天,一年年,积攒着,构成生命的低吟浅唱。

薇条轻轻柔柔,吹拂在我那思乡的心头。

薇条生了又发,"杨柳依依""雨雪霏霏"。

平凡的生活点滴,日常细节,人们渴求安居乐业的心情,回味,喟叹，成诗。

因为《采薇》的好，自南朝谢玄以来，对它的解析不胜枚举，形成一千五百多年的阐释史。

王夫之《姜斋诗话》说《采薇》："以乐景写哀，以哀景写乐，以倍增其哀乐。"刘熙载《艺概》则强调："雅人深致，正在借景言情。""乐景写哀""借景言情"已成为诗家念念在口的禅语。

而"昔往""今来"对举的句式，则屡为诗人心摹手追。如曹植诗句"始出严霜结，今来白露晞"（《情诗》），颜延之的"昔辞秋未素，今也岁载华"（《秋胡诗》之五），均得其启发。

《陟岵》，亦因其深情绵绵而衍生"陟岵瞻望"一词，形容久居在外的人思念父母亲人，而今依然使用不辍。

采薇采薇，薇亦作止。曰归曰归，岁亦莫止。
靡室靡家，猃狁之故。不遑启居，猃狁之故。
　　　　　xiǎn yǔn

采薇采薇，薇亦柔止。曰归曰归，心亦忧止。
忧心烈烈，载饥载渴。我戍未定，靡使归聘。

采薇采薇，薇亦刚止。曰归曰归，岁亦阳止。
王事靡盬，不遑启处。忧心孔疚，我行不来！
　　　gǔ

彼尔维何？维常之华。彼路斯何？君子之车。
戎车既驾，四牡业业。岂敢定居？一月三捷。

驾彼四牡，四牡骙骙。君子所依，小人所腓。
　　　　　kuí　　　　　　　　　　　féi

> 四牡翼翼，象弭鱼服。岂不日戒？狁孔棘！
>
> 昔我往矣，杨柳依依。今我来思，雨雪霏霏。
>
> 行道迟迟，载渴载饥。我心伤悲，莫知我哀！

"狁"，那时西北的一个少数民族，很强悍。孔：相当，非常。孔疚：很忧虑。孔棘：相当凶猛。

离开家乡去打仗，他思念家乡，想念平凡的日子，寻常的一草一木。

"我心伤悲，莫知我哀"。

# 殷其雷

西周初创,为了扩大自己地盘,必然东讨西伐,南征北战。和平时期,除了革命,并无大的战事。而到了春秋战国多事之秋,战事频仍,战争的残酷与惨痛中,最倒霉的还是老百姓:"兴,百姓苦;亡,百姓苦。"(张养浩:《山坡羊·潼关怀古》)

君子于役,不知其期。曷至哉?

鸡栖于埘(shí),日之夕矣,羊牛下来。

君子于役,如之何勿思!

君子于役,不日不月,曷其有佸(huó)?

鸡栖于桀,日之夕矣,羊牛下括。

君子于役,苟无饥渴?

我的丈夫去当兵,没年没月没尽头。不知何时能回来?

鸡儿纷纷已回窠,天色向晚夕阳落,牛羊下坡进栏忙。

丈夫服役在远方,叫我怎能不思念!

我的丈夫去当兵,没年没月别离长。几时可以再团圆?

鸡儿歇在木桩上,天色向晚夕阳落,牛羊下坡进栏忙。

丈夫服役在远方,不知是否有饥渴?

《王风·君子于役》

我徂东山,慆慆不归。我来自东,零雨其濛。我东曰归,我心西悲。制彼裳衣,勿士行枚①。蜎蜎者蠋,烝在桑野。敦彼独宿,亦在车下。

我徂东山,慆慆不归。我来自东,零雨其濛。果臝之实,亦施于宇。伊威在室,蟏蛸在户。町畽鹿场,熠耀宵行。不可畏也?伊可怀也。

我徂东山,慆慆不归。我来自东,零雨其濛。鹳鸣于垤,妇叹于室。洒扫穹窒,我征聿至。有敦瓜苦,烝在栗薪。自我不见,于今三年。

我徂东山,慆慆不归。我来自东,零雨其濛。仓庚于飞,熠耀其羽。之子于归,皇驳其马。亲结其缡,九十其仪。其新孔嘉,其旧如之何?

我往东山,久久不归。我从东回,细雨蒙蒙。我往东归,心向西悲。穿上常装,不再含枚。弯弯蚕虫,聚于桑野。我却独宿,睡在车下。

我往东山,久久不归。我从东回,细雨蒙蒙。瓜蒌串串,蔓延在房。鳖虫在屋,蜘蛛在户。野鹿霸田,萤火点点。田荒不怕,就是想家。

我往东山,久久不归。我从东回,细雨蒙蒙。鹳鸣土堆,妻叹室内。洒扫房屋,盼我回家。团团苦瓜,结于苦菜。我们不见,已经三年。

我往东山,久久不归。我从东回,细雨蒙蒙。黄莺翻飞,羽毛灿灿。

---

① 行枚:古代士兵打仗,含着"枚"——像筷子一样的东西,避免说话。不含枚了,就是不再打仗了。

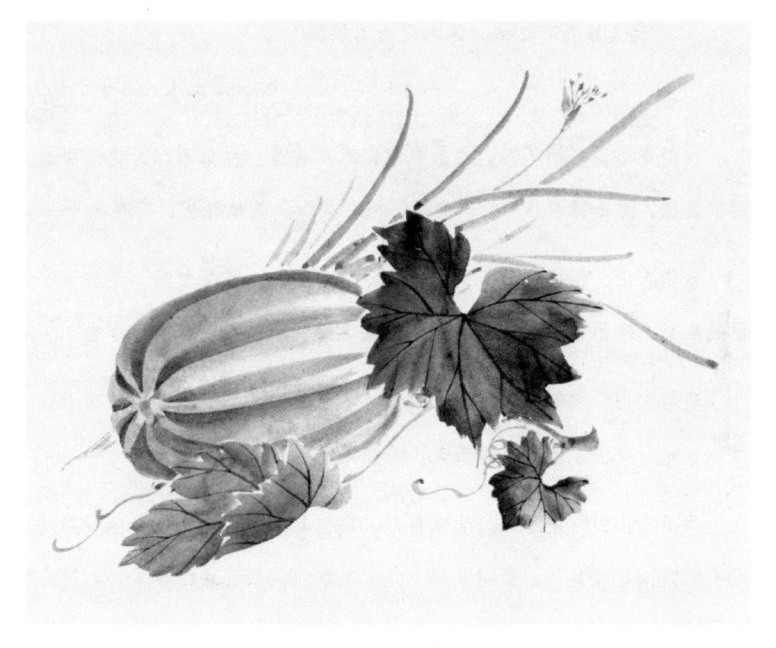

韭、瓜、壶

当年娶她,马儿黄白。娘结佩巾,礼多吉祥。新婚和美,重逢怎样?

《豳风·东山》

前诗描写一个农家的妻,在一个平凡宁静的傍晚,看到身边的牛羊鸡仔,在黄昏的天光中,纷纷归巢,而自己的丈夫,却不知人在何方?归来遥遥无期。家常的物象,寻常的光景,此时此地,此情此景,空无一人的寂寥,让人潸然泪下。"断鸿声里,立尽斜阳"——多么凄凉,又多么深长。

诗分两章,叙述凝练,反复歌咏,很少换字,言浅情深。

"殷其雷，在南山之阳""振振君子，归哉归哉！"——《召南·殷其雷》里，女子借南山的隐隐雷声起兴，那对丈夫的思念，亦如雷声隐隐，如潮水滚滚，无尽又无穷。

后诗是出门在外的丈夫的倾诉，多了一点男儿的果断和激情，没有前诗的婉约，却依然是深情款款的呢喃。马上要回到家了，见到那新婚不久就分别的妻子，见到那些熟悉的飞虫鸣禽、瓜果蔬菜，还有家里的窗子、桌几、朴实无华的木门。一点一滴的小温暖，就像《小雅·采薇》一样，慢慢酝酿，慢慢浸润。那渴望已久的家的感觉，与即将见到家的忐忑、不安、激动、惶恐……百感交集，难以形容。还是唐人说得好："近乡情更怯，不敢问来人。"诗意，不分时空，总是相通。

四章诗，从要回家吟起，讲家常，讲寻常物事，讲那些生活中的细节。平常景，寻常事，却含深情，和前诗一样，成就千古名篇。

《唐风·鸨羽》则借鸨羽起兴，表达了在远方忙于"王事"，有家而不能回的"农民工"的伤悲：

　　肃肃鸨(bāo)羽，集于苞栩(xǔ)。
　　王事靡盬(gǔ)，不能蓺稷黍。
　　父母何怙(hù)？悠悠苍天！曷其有所？

　　肃肃鸨翼，集于苞棘。
　　王事靡盬，不能蓺黍稷。
　　父母何食？悠悠苍天！曷其有极？

　　肃肃鸨行，集于苞桑。

王事靡盬，不能蓺稻粱。

父母何尝？悠悠苍天！曷其有常？

鸨鸟沙沙展翅，聚集柞树丛丛。

王的差事没完，不能去种稷黍。

父母生活靠谁？悠悠苍天！何时才能回家乡？

鸨鸟沙沙拍翅，聚集棘树丛丛。

王的差事没完，不能去种黍稷。

父母饭食吃啥？悠悠苍天！劳役何时才能完？

鸨鸟沙沙成行，聚集桑树密密。

王的差事没完，不能去种稻粱。

父母在家吃啥？悠悠苍天！啥时生活能正常？

诗分三章，借"鸨"（类似大雁的一种鸟）聚集于柞树、棘树与桑树，比对映衬自己孤苦无依、形单影只。家乡的老父老母无依无靠，担心他们能否吃上一顿饱饭？长夜漫漫，这样的日子，何时是尽头？

三章诗，层层叠加的悲伤愁苦，不得养其亲的自责后面，是对王室徭役繁重漫漫的怨尤与愤恨。

三首诗，皆以乐景写哀，以哀景写乐，对比映照中，日常生活安居乐

鸨

业的甜,行役在外孤独无依的苦,尤其那亲人之间相亲相爱的深情厚谊,如同涓涓细流,流淌着,流淌着……从西周至今,一直流进千载之后,你我的心田。

# 隰有杨

"阪有桑，隰有杨。①既见君子，并坐鼓簧。"（《秦风·车邻》）

"终南何有？有条有梅。""终南何有？有纪有堂。"（《秦风·终南》）

一方水土养一方人，《秦风》里，秦地的富饶、民风的剽悍、男子的强健彰明较著。仿佛上天安排秦国存在于那时那里，就是为了灭掉腐朽的卫、齐、燕、韩……就是为了一统天下。天时，地利，而人和：

"秦孝公据崤函之固，拥雍州之地，君臣固守以窥周室，有席卷天下，包举宇内，囊括四海之意，并吞八荒之心。当是时也，商君佐之，内立法度，务耕织，修守战之具；外连衡而斗诸侯。于是秦人拱手而取西河之外。"（贾谊：《过秦论》）

《汉书·地理志》："秦地迫近戎狄，以射猎为先，又秦有南山檀柘，可为弓干。"

所以，"六王毕，四海一"。（杜牧：《阿房宫赋》）

秦的崛起与强大，说明王政和霸业从来就不是靠单一教化说话的，

---

① 高处长着桑树，低处长有杨树。形容土地肥沃，人民富足。阪：山坡。隰：低湿的地方。

一个政权的建立,需要多少休戚与共的牺牲和努力啊!读《秦风》,可以让人热血沸腾,可以让人知道,秦的江山,绝对不是凭空而来。

> 岂曰无衣?与子同袍。
> 
> 王于兴师,修我戈矛。与子同仇!
> 
> 岂曰无衣?与子同泽①。
> 
> 王于兴师,修我矛戟。与子偕作!
> 
> 岂曰无衣?与子同裳。
> 
> 王于兴师,修我甲兵。与子偕行!
>
> 《秦风·无衣》

诗分三章,以复沓的形式,表达出征前的同仇敌忾、无畏无惧:"怎么能说没有衣裳?我与你同穿一件衣和裳。我们的部队就要出发,来,来,来,整理好兵器与铠甲……"如此精神抖擞、士气高昂。出征将士,互相召唤,互相鼓励,舍生忘死,杀敌卫国。一首多么慷慨激昂的军中战歌!

从另一方面看,《无衣》还体现了当时先秦上下级的平等友爱。结合儒家的"君使臣以礼,臣事君以忠""君之视臣如手足,则臣视君如腹心;君之视臣如犬马,则臣视君如国人;君之视臣如土芥,则臣视君如寇仇",读着诗,体味涵咏,可以让而今各级官员学习如何忠公守职、关心属下,当一名合格的"领导"。

《秦风》之"有车邻邻,有马白颠"(《车邻》),"驷驖(tiě)

---

① 通"襗",贴身穿的内衣。

孔阜，六辔在手"（《驷驖》），"文茵畅毂，驾我骐馵（zhù）"（《小戎》），无一不洋溢着富国强兵的豪情和大好男儿的奋发昂扬。

西周晚期、东周初期的秦国，国土主要包含今陕西中部和甘肃东南部一带。周平王初封秦襄公为诸侯，是为了抑制北狄与犬戎，秦国与西北少数民族比邻而居，常常发生战事，今天你抢我，明天我反击。真正能够一劳永逸的，不是和亲，不是屈服，而是用自己的拳头，把敌人狠狠地打回去！

《无衣》，就是当时秦地人民抗击西戎入侵者的战歌。它唱出了秦地人民自古就有的英勇无畏的尚武雄强，也唱出了流传古今的充满爱国激情的慷慨悲壮。千年以后，岳飞的"壮志饥餐胡虏肉，笑谈渴饮匈奴血"，与它一脉相承，遥相呼应。

与这首诗差堪比拟的还有《邶风·击鼓》：

击鼓其镗，踊跃用兵。
土国城漕，我独南行。

从孙子仲，平陈与宋。
不我以归，忧心有忡。

爰居爰处？爰丧其马？
于以求之？于林之下。

死生契阔，与子成说。

执子之手,与子偕老。

于嗟阔兮,不我活兮。

于嗟洵兮,不我信兮。

击鼓镗镗,我上战场。

别人筑漕,我却向南。

跟从子仲,去平陈宋。

没法回家,我心愁苦。

哪住哪呆?马儿去哪?

哪里去找?马在树下。

死生契阔,与子成约。

执子之手,与子偕老。

叹息久别,再难相见。

相隔太远,誓约难现。

同样是军中之歌,《邶风·击鼓》却要缠绵得多。前一首是同仇敌忾、意气风发、自觉自愿;后一首是情势所迫、身不由己、为人驱使。可见,除了形势不同,还有民风的不同:和秦相较,邶风多了些温婉和顺。

邶风,就是邶地的歌儿。

邶、鄘、卫,故地在今河南省北部地区,是在殷商陪都朝歌(今河南淇县)周围比邻而居的几个小国。

邶风、鄘风、卫风都归属于卫诗,见诸史籍:

季札观乐,听乐师奏邶鄘卫后说:"此其卫风乎?"《汉书·地理志》:"周既灭殷,分其畿内为三国:《诗风》邶、鄘、卫国是也。邶,以封纣子武庚;鄘,管叔尹之;卫,蔡叔尹之。"所以三地原为一体,为殷商故地。武王死后,成王年幼,三地叛乱,周公平叛,把三地重新封给武王之弟康叔,合而称卫。

民风相近,其实难分。

这首诗表达了出征战士在战场上,想起曾经对妻子说过的话、立下的誓言,比对现实的残酷以及承诺无法实现的悲苦,读之感人肺腑。千载以来,这凝练的诗句,成为爱的代言,"死生契阔,与子成说。执子之手,与子偕老"。

这句诗,毛传训"契阔"为"勤苦",郑笺则发挥其意,谓"从军之士与其伍约,死也生也,相与处勤苦之中,我与子成相说爱之恩,志在相存救也"——在沙场上,军士之间相互勉励,约定相互救助的盟约,不管遇到什么危难,我们都要生死与共、相爱到老。

只能说,实践是检验诗歌的唯一标准。在时间中留下的,归属于真心的解读,归属于深情的解读,才是诗所以为诗的本来。

秦风雄强,但也不乏低回婉转,可谓时为干戈、时为玉帛。耳熟能详的《秦风·蒹葭》写尽了秦地男儿的侠骨柔肠:

蒹葭苍苍,白露为霜。

所谓伊人,在水一方。

溯洄从之，道阻且长。

溯游从之，宛在水中央。

多么美！我们今天还在唱。邓丽君一曲《在水一方》，保有《秦风·蒹葭》的诗意，温情柔美，多了些通俗，依然不失典雅温厚。

是啊，缺少骨气的男人，让人不待见，而没有柔情的男人，好似钢板一块，让人敬畏，却无温度。这般的钢铁汉子，唱来一首《秦风·蒹葭》这样的歌儿，可见秦的包容广大，亦可见秦地男儿是有血有肉的，三秦大地是丰饶丰满的。

隔了好多年，我们还是能从陈忠实的《白鹿原》中，读到属于秦地人民的坚韧、厚实、质朴、丰富，以及对土地的虔诚与热爱。

# 卢令令

西周时期,先民日出而作,日落而息,靠天吃饭,有欢乐,也有忧伤。

日居月诸,照临下土。
乃如之人兮,逝不古处?
胡能有定?宁不我顾。

日居月诸,下土是冒。
乃如之人兮,逝不相好。
胡能有定?宁不我报。

日居月诸,出自东方。
乃如之人兮,德音无良。
胡能有定?俾也可忘。

日居月诸,东方自出。
父兮母兮,畜我不卒。
胡能有定?报我不述。

《邶风·日月》

太阳和月亮，出自东方，照耀大地，恒久不变。而你对我的感情却变了味，事情怎么变成这样了呢？你对我再也不管不顾了。

诗分四章，反复咏叹：

你这个人啊，不再好言好语安慰我了，再也不像过去那样疼爱我了，你把那些良行都忘了吗？我尊君如父，亲君如母，君却不以善终报我。事情怎么会变成这样呢？你自己也没有得到善终啊！

有人说，这是一首弃妇谴责负心汉的诗，但我们更愿意看成是对世事无常的深沉喟叹。人生中的美好时光匆匆溜走了，再也追不回来。

古时，由于农耕水平有限，很多时候得靠狩猎来帮补。同时，狩猎活动也成为普通士民展示自己康健美好以及贵族子弟强身健体的一种方式。射、御二艺也逐渐发展成为儒家教化子弟的"六艺"之二。

古中国士子和贵族需要掌握的六种技能为：礼、乐、射、御、书、数。《周礼·保氏》有言："养国子以道，乃教之六艺：一曰五礼，二曰六乐，三曰五射，四曰五御，五曰六书，六曰九数。"这就是通常所说的"通五经贯六艺"之"六艺"。

以六艺教化大众，可以说是以诗书立国。西周以来，围绕经史子集等儒学著作，兼及释老，"诗言志，歌永言"，美刺比兴，吟咏讽颂，以之维系一种彬彬有礼、和谐谦让的社会生活。隋兴科举之后，以六经取士，并因此而崛起特有的庶族文士的阶

守犬

层，与固有的豪门士族相颉颃，维系着中华几千年社会的稳定与发展。

以包括射、御二艺的打猎而言，《诗经》中的表现便很丰富。

> 卢令令①，其人美且仁。
> 卢重环，其人美且鬈<sup>quán</sup>②。
> 卢重鋂<sup>méi</sup>③，其人美且偲<sup>cāi</sup>④。

《齐风·卢令》

全诗由猎犬的貌与声写起，烘云托月，赞美猎人的康健雄强。首先赞美猎人的德行"美且仁"，又赞美他的容貌"美且鬈"，再赞猎人的才智"美且偲"。

上写犬，下写人。写犬，重在铃声、套环，状猎犬之灵敏矫捷；写人，各用一"美"字，突显其阳刚健美。用"仁、鬈、偲"三字，极赞猎人的内秀、勇壮、威仪。由犬及人，以犬衬人，以人带犬，共同构成独特的"诗味"，表达齐人的尚武风俗，以及对英雄猎手的尊崇。

《论语》里，孔子说"里仁为美"，可见仁德乃是"美"之首要，也进一步印证了儒家思想的精神，即关于美的判断是以善为前提的。

由此可知，无论《齐风·卢令》的"其人美且仁"，还是《郑风·叔于田》的"洵美且仁"，无一不在昭示着儒家文化的仁爱、雍容、平和，

---

① 卢：黑毛猎犬。令令：即"铃铃"，猎犬颈下套环发出的叮当响声。

② 鬈：勇壮。一说发好貌。

③ 重鋂：一个大环套两个小环。

④ 偲：多才多智。一说须多而美。

狗

以及对后世源远流长的文化影响。

子之还兮,遭我乎峱之间兮。
并驱从两肩兮,揖我谓我儇兮。

子之茂兮,遭我乎峱之道兮。
并驱从两牡兮,揖我谓我好兮。

子之昌兮,遭我乎峱之阳兮。
并驱从两狼兮,揖我谓我臧兮。

《齐风·还》

我今天遇到的对面这位大哥呀,他的身手真敏捷!我进山打猎和他相逢在山坳。并肩协力追捕到两头小野兽,他连连打躬作揖夸我好利落!

我今天遇到的对面这位大哥呀,他身材长得好啊!我进山打猎和他相逢在山道。并肩协力追捕到两头公野兽,他连连打躬作揖夸我本领高!

我今天遇到的对面这位大哥呀,他体魄好健壮啊!我进山打猎和他相逢在山南。并肩协力追捕到两匹狡猾狼,他连连打躬作揖夸我心地善!

全诗轻松欢快,鲜艳明媚。一个健壮的男人高高兴兴为家人讲述自己打猎遇到的一位"大哥",最后还不忘借别人之口夸一下自己。

孔子晚年整理"六经",《诗》《书》《礼》《易》《乐》《春秋》,可以看出以诗、书引领的儒家文化的源远流长。孔子曰:"不学诗,无以言。"这里的"诗",个人理解,当然是广义的,指包罗万象的儒家经典。作为一名中国人,要了解中华民族优秀的传统文化,学习诗书、礼仪等,要清楚自己的来处、根本。

# 之子归

姜子牙辅佐文王、武王建立周朝，功勋卓著，被封于齐，成为齐国的缔造者，史称姜太公，又叫齐太公。

估计姜太公年轻时候是个玉树临风的美少年，所以他的后代中女子多绝色。前面说过，周朝女人没有名字，所以姜子牙的后代女子，一般被称为"××姜"。

《陈风·衡门》里说："岂其娶妻，必齐之姜？"这句诗的意思是："要娶妻子，何必一定要齐国的姜姓女呢？"以此表达自己的清高与随遇而安。可是同时，这句话也带点酸味地透露了一个信息，齐国的姜姓女子确实名气很大，确实非同凡响。

关于陈国，《礼记·乐记》记述："武王克殷及商，未及下车，封帝舜之后于陈。"就是说，陈是周朝最早受封的诸侯国，他们是大舜帝的后人。家庭出身好，沾祖宗的光，这事自古就有。陈的辖地，大致为今天的河南东部到安徽亳州一带。

《陈风·宛丘》描写的，就是发生在陈国宛丘的事。宛丘位于今天的河南淮阳，即宋代包拯陈州放粮的陈州，传说是太昊伏羲氏和炎帝神农氏的都城。所以，宛丘对中华民族而言，是个特别的地方。

子之汤(dàng)兮，宛丘之上兮。

洵有情兮，而无望兮。

坎其击鼓，宛丘之下。

无冬无夏，值其鹭羽。

坎其击缶，宛丘之道。

无冬无夏，值其鹭翿(dào)。

诗分三章，讲述一个男子对一个巫女舞蹈家产生的强烈而又绝望的感情。这个女子在宛丘之上，起舞，击鼓，击缶，又执鹭羽翩跹，无冬无夏，深深吸引男主人公，令其无法自拔。

《汉书·地理志》记载陈地："妇人尊贵，好祭礼，用史巫。"由此诗可见一斑。

那齐国的姜姓女子，怎么个美法？让我们来读《诗》。

硕人其颀，衣锦褧(jiǒng)衣。

齐侯之子，卫侯之妻。

东宫之妹，邢侯之姨，谭公维私。

手如柔荑，肤如凝脂，

领如蝤(qiú)蛴(qí)，齿如瓠(hù)犀。

螓(qín)首蛾眉，巧笑倩兮，美目盼兮。

硕人敖敖,说①于农郊。
四牡有骄,朱帻镳镳(fén biāo),翟茀(dí fú)以朝。
大夫夙退,无使君劳。

河水洋洋,北流活活(guō)。
施罛(gū)濊濊(huò),鳣(zhān)鲔(wěi)发发,葭菼(tǎn)揭揭。
庶姜孽孽,庶士有朅(qiè)。

《卫风·硕人》

齐国的这个姜姓女子,这天就要出嫁了。她是要嫁给卫国的卫庄公,所以史书上称她为"庄姜"。

庄姜有多美呢?

诗的开始,并不直接写美人,而是交代她的穿着及身世背景:"高高大大的人儿多俊美,她穿着华美的锦裳。她是齐侯的女儿,卫侯的妻。她是齐太子的妹妹,邢侯的小姨,谭公是她的妹夫。"

太厉害了,满门的皇亲贵胄。诗中对其身世的叙述,其实暗含称羡与赞赏。这样的家世,也给读者一些想象空间,要出场的是怎样一个高贵的美人儿呢?

接下来,就是细节描写:

手如柔荑,肤如凝脂,
领如蝤蛴,齿如瓠犀。
螓首蛾眉,巧笑倩兮,美目盼兮。

---

① 通"税",休息。

不用翻译了吧,也译不出它的美与韵味。清人姚际恒《诗经通义》由衷感叹:"千古颂美人者无出其右,是为绝唱。" 是为绝唱。美哉!美哉!秀外慧中,浓妆淡抹总相宜。美得正大,美得坦荡,美得光彩照人、星辰为暗……

最厉害的,应该是最后一句:"巧笑倩兮,美目盼兮。"如果光写肤发身体,美则美矣,却美得普通。有了顾盼间的神采、巧笑间的嫣然,美人就活了,美得超凡脱俗。"巧笑倩兮,美目盼兮"这样的神态,后世李清照"倚门回首,却把青梅嗅"的描写,得其精髓。曹植写洛神飘飘若仙"仿佛兮若轻云之蔽月,飘飘兮若流风之回雪"的体态,也与之一脉相承。

明末清初的戏剧家李渔是个好玩的老夫子,谈花谈石谈树谈女人,他曾经在《闲情偶寄》里写过一段话,有点意思,可以作为这句诗的补充:"女子一有媚态,三四分姿色,便可抵过六七分。试以六七分姿色而无媚态之妇人,与三四分姿色而有媚态之妇人同立一处,则人止爱三四分而不爱六七分,是态度之于颜色,犹不止一倍当两倍也。试以二三分姿色而无媚态之妇人,与全无姿色而止有媚态之妇人同立一处,或与人各交数言,则人止为媚态所惑,而不为美色所惑,是态度之于颜色,犹不止于以少敌多,且能以无而敌有也。"

蟠蟉

"巧笑倩兮，美目盼兮"，正是这个美人儿的神态。

等等，还没完。

接着写她出嫁时的盛况和她的言谈风貌。美人儿庄姜，轻盈多美丽，她而今停车歇在卫国的农郊。驾车的四匹马啊多么矫健威武，朱红的璎珞光明耀眼，"换上'翟车'我就要进入卫国，诸位大夫您请回吧，不要让我们的国君太操劳"。一个多么雍容华贵的女子，这才是真正的美人，从里到外，无一不美。端庄和婉，爱君上，爱臣下，爱自己的人民。

最后一节以"河水洋洋，葭菼揭揭"的壮美环境，进一步烘托庄姜出嫁的盛况。——河水宽广洋洋，向北流动汤汤。渔人撒网豁豁，鱼儿跳跃拨拨。芦荻多么茂盛，陪送姐妹盛装，卫士威猛如虎。一曲明艳富丽的华章，一曲绘声绘色的乐歌，又像是一幅富丽堂皇的画卷。镜头慢慢推远，再推远：一行送亲队伍，渐渐淡出，走向远方。留下无尽回味，余音袅袅。

——诗妙无穷画有穷。（元·蒲道源）

# 冬之夜

庄姜很美，宣姜也很美。

宣姜本来，不该叫作"宣"姜的。

卫国在河南北部，齐国在今山东一带，本来就是邻居，加上卫国是武王弟弟康叔的封地，齐国是姜子牙的地盘，也算是兄弟国。只是，齐国在姜子牙的治理下蒸蒸日上，连鲁国都比不上。

"鲁公伯禽之初受封之鲁，三年而后报政周公。周公曰：'何迟也？'伯禽曰：'变其俗，革其礼，丧三年然后除之，故迟。'太公亦封于齐，五月而报政周公。周公曰：'何疾也？'曰：'吾简其君臣礼，从其俗为也。'及后闻伯禽报政迟，乃叹曰：'呜呼，鲁后世其北面事齐矣！夫政不简不易，民不有近；平易近民，民必归之。'"（《史记·鲁周公世家》）

这段话的意思是：鲁公伯禽当初受封于鲁，三年以后才向周公汇报施政情况。周公问："为什么这么久？"伯禽说："我变革他们的礼俗，要等服丧三年除服之后才见成效，所以迟了。"而姜子牙五个月就向周公汇报施政情况。周公问："为什么这么快？"姜太公说："我简化了齐的君臣礼节，遵从齐地人民的风俗。"等后来太公听说伯禽汇报政情很迟，叹息说："鲁国以后要对齐国北面称臣了。政事不能简洁平易，老百姓不愿意亲近；平易近民，人民必然归顺。"

齐国强大，姜姓女子又生得美，诸侯国都抢着要跟它结亲。近水楼台先得月，卫国当然是跑得最快的。

可是卫国和齐国比，就差得太远了，国君几乎没有一个像样的。

前面说，齐国美女庄姜嫁给了卫庄公。而卫宣公为儿子伋（jí）（伋是卫宣公和后母夷姜所生的私生子。夷姜，也是来自齐国的一个美女）向齐国求亲，没想到齐国的美女"姜"还没到卫国，就因为有着绝世容颜而被卫宣公在半路拦下来，于淇河之上，朱栏画栋，重宫复室，筑了一座新台，占为己有。这个女子，从此被称为"宣姜"——卫宣公的女人。

可怜的宣姜啊，本来要嫁给青春少年郎，没想到新婚之夜，新郎变成了衰朽白头翁。像电影一样。

《邶风·新台》对卫宣公的禽兽行径大加讥讽：

新台有泚（cǐ），河水弥弥。
燕婉之求，籧篨（qú chú）不鲜。

新台有洒（cuǐ），河水浼浼（měi）。
燕婉之求，籧篨不殄。

鱼网之设，鸿则离之。
燕婉之求，得此戚施（yì）。

《韩诗》注：戚施，蟾蜍也。诗中把荒淫的卫宣公比作一只癞蛤蟆。这首诗用白话讲来，意思是：新台新台真辉煌，河水一片苍茫茫。本想嫁个如意郎,碰上个蛤蟆丑模样。"籧篨""戚施"都指蛤蟆一类的丑东西。

呜呼!宣姜。

宣姜到底怎么个美法?

《鄘风·君子偕老》有一番描写:

> 君子偕老,副笄六珈。
> 委委佗佗,如山如河,象服是宜。
> 子之不淑,云如之何?
>
> 玼兮玼兮,其之翟也。
> 鬒发如云,不屑髢①也;
> 玉之瑱也,象之揥也,扬且之皙也。
> 胡然而天也?胡然而帝也?
>
> 瑳兮瑳兮,其之展也。
> 蒙彼绉绤,是绁袢也。
> 子之清扬,扬且之颜也。
> 展如之人兮,邦之媛也。
>
> **君子偕老,玉簪步摇。**
> 行止皆美,如山如河,后服在身多适合。
> 遇人不淑,有啥办法?

---

① 髢:用假发装饰。

> 文采翟衣，礼服耀眼。
>
> 鬓发如云，天然正大；
>
> 美玉挂耳，牙簪插发，脸色多好白又美。
>
> 莫非世上有天仙？莫非帝子降凡尘？
>
> 彩衣艳丽，飘飘欲仙。
>
> 罩衣蝉翼，内衣世稀。
>
> 眉目清扬，多么美丽。
>
> 如此盛装的美女啊，真是国家的名媛。

《毛诗序》云："《君子偕老》，刺卫夫人也。夫人淫乱，失事君子之道，故陈人君之德，服饰之盛，宜与君子偕老也。"

意思是说，这首诗是用来讽刺宣姜的，说她"不淑"，有失君子之道，而诗中铺叙她的盛装，是陈述君子之道，方配美德，宜与君子偕老。

卫宣公抢了儿子的老婆宣姜，和她生了两个孩子，公子寿和公子朔。

宣姜为了让公子寿成为太子，和公子朔密谋，派人去暗杀阻碍自己儿子寿成为太子的绊脚石公子伋（就是被父亲抢了宣姜的伋），打算在伋去齐国的路上派刺客刺杀他。岂料隔墙有耳，寿与同父异母的伋兄弟情深，听此密谋后，他百般劝阻伋出行无效，就把伋灌醉，自己拿了旄旗顶替兄长去往齐国，途中被母亲宣姜派去的刺客杀死了。

伋醒来后，匆忙去追弟弟，看到寿的尸体，既愧疚又心痛，向刺客自报姓名，也被杀掉。

《邶风·二子乘舟》说的就是这件事情。

> 二子乘舟，泛泛其景。
> 
> 愿言思子，中心养养。
> 
> 二子乘舟，泛泛其逝。
> 
> 愿言思子，不瑕有害？

兄弟两个坐在小船上啊，飘飘荡荡向远方。每当想起你们俩，心里不安很忧伤，不知道你们是否遭祸殃？

诗分两章，反复咏叹，读之令人感伤不已。

卫宣公的另一个儿子公子顽（卫昭伯）为躲避政治迫害逃到了齐国。卫国大乱，齐国为干涉卫政，看宣姜徐娘未老、美貌依然，强迫卫昭伯回国，娶了后母宣姜。两人婚后过得还不错，育有五个儿女。

皇甫谧《列女传》说："卫果危殆，五世不宁，乱由姜起。"直接把导致卫国国家危亡的矛头指向了宣姜，将她归为褒姒一类的红颜祸水。

可是，我们读《鄘风·君子偕老》，整首诗都在赞扬宣姜天然正大的美、适合做一个皇后的美，"胡然而天也""胡然而帝也""邦之媛也"美得倾国倾城，像天仙又像帝子。如果只是讽刺，怎么可能用这样的词语呢？朱熹说："如山，安重也；如河，弘广也。""宽广而自如，和易而中节也。"由此可见，"如山如河"，是多么安然广大雅正的美。

关于这部分，扬之水先生讲得最好：

> 诗因此对夫人的服饰、姿容、体态、气度，由上而下，由表及里，备极形容。彼一时女子的淑仪与内美，几乎集于伊人一身。"委

委佗佗,如山如河""胡然而天也,胡然而地也",诗更用了特别的惊叹,把美推向极致。姚际恒说"'邦之媛',尤后世言之国色,此篇遂为神女、感甄之滥觞。'山、河''天、地'广揽遐观,惊心动魄,传神写意,有非言辞可释之妙"……但《君子偕老》中特有的一种广大的原始之悲怆,一种朴茂而深厚的同情与关怀,即所谓温柔在诵、最附深衷之"惊心动魄"者,却是再难见到,此又可谓"后无来者"矣。

又说:

诗写夫人的服饰,分了三个层次,一章,"副笄六珈""象服是宜"是最高等级的祭服;二章,象搔绾发,著翟衣,是祭服之次者;三章,内著细葛,外覆展衣,则是夏日里的吉服。三种不同场合里的穿戴,一面揭出夫人的身份,一面写出无时不美、无处不美、浓妆淡抹总相宜的品格和气质。(扬之水:《诗经名物新证》)

值得一提的是,三千年以后,在中国东北,有一个女子出生,她的长辈为她取名叫作"齐邦媛"。"邦媛",来自《诗经》,其中深意,不就是希望她做一个美好而贤淑的、咱中国的好女子吗?而今,她已成为著名作家、教育家,代表作《巨流河》。

可为此诗佐证。

"子之不淑,云如之何",多么的伤悲,多么的无奈,似乎不应该简单看成是唾弃宣姜的"不淑"吧？这句诗，不正是在感叹她的"遇人不淑"吗？在那样的时代，一个女子，几时能够主宰自己的命运？贵为公侯女，没有自己的名字，在权贵社会，在诸多的男人中间，只是一个工具，一个玩物。

诗的明珠耀眼与衣香鬓影中，我们分明听到这个倾城倾国女子，那发自内心的，深沉而无奈的叹息。

在冬之夜。

# 曷至哉

许穆夫人不是齐女,但亦算半个齐女,她的母亲是齐宣姜,父亲是卫公子顽。她有母亲闭月羞花的容颜,更有母亲没有的智慧和果断,可谓女中豪杰,巾帼不让须眉之千古一人。

和那时的所有女子一样,许穆夫人没有名字,但幼时即闻名于诸侯,颇为不凡。"一家养女百家求",待她长到一定年纪,好多诸侯前来求亲,许国的许穆公和齐国的齐桓公是最佳人选。说起这件事的经过,汉代刘向《列女传·仁智篇》这样记录:"……初,许求之,齐亦求之。懿公将与许,女因其傅母而言曰:'……今者许小而远,齐大而近。若今之世,强者为雄。如使边境有寇戎之事,惟是四方之故,赴告大国,妾在,不犹愈乎?'……卫侯不听,而嫁之于许。"

这段话的意思是,卫懿公[①]打算把许穆夫人许配给许国,她通过她的女傅对国君说:"许国小又远,齐国强大而且近。而今的世道,强者为雄,假使边境受异族侵略,各地诸侯,一定会找大国求救,有我在大国,

---

[①] 卫惠公(公子朔)之子,宣姜是他的奶奶,许穆夫人是他的姑姑。卫懿公喜好养鹤,竟赐给鹤官位和俸禄,终因玩物丧志,身死国灭。

这不是很好吗？"

可谓深谋远虑啊，"这个女子不寻常"。

可惜卫侯不听，执意把她嫁给许国之许穆公，从此，她有了"名字"，许穆夫人。

她嫁到许国大约十年，卫国亡于狄，卫懿公战死，国人分散。她的姐夫宋桓公迎接卫之遗民渡河，定居漕邑，立许穆夫人的哥哥戴公为国君。戴公刚立一个月就病死，许穆夫人的另一个哥哥文公即位。

《鄘风·载驰》这首诗所咏歌的，就是许穆夫人听到卫亡后立即奔到漕邑吊唁，主张联合齐国抗击夷狄。最后，在齐桓公的帮助下，卫复国于楚丘。

大智大勇，大义凛然，"谁说女子不如男"？

> 载驰载驱，归唁卫侯。
> 驱马悠悠，言至于漕。
> 大夫跋涉，我心则忧。
>
> 既不我嘉，不能旋反。
> 视尔不臧，我思不远。
> 既不我嘉，不能旋济。
> 视尔不臧，我思不閟(bì)。
>
> 陟彼阿丘，言采其蝱(méng)①。

---

① 蝱：贝母。旧说贝母可以散郁。采蝱治病，喻设法救国。

女子善怀,亦各有行。
许人尤之,众稚且狂。

我行其野,芃芃其麦。
控于大邦,谁因谁极?
大夫君子,无我有尤。
百尔所思,不如我所之。

快马加鞭,吊唁卫侯。
路遥马慢,终到漕头。
大夫来追,我心忧愁。

你不赞成,我也不回。
你无良策,我法可求。
虽不同意,绝不回头。
你们无法,我计可行。

登上高岗,采来贝母。
女子多虑,亦有主张。
许人反对,幼稚狂妄。

我行田野,麦苗蓬勃。
除了大国,谁能倚靠?
诸位高官,不要反对。
千万计策,不如我亲自跑一趟。

诗以第一人称许穆夫人的口吻写来，历来诗评家认为，这诗就是许穆夫人的作品。得知国亡，忧心忡忡，不顾所谓礼仪规矩，亲自出马"载驰载驱"。为了自己的祖国，这个女子义无反顾，身后追的人不管，反对的人不顾，自己认为对的事，坚决去干。千方百计求救于大国，终于保住了自己的祖国。

朱熹《诗集传》："事见《春秋传》……范氏曰：先王礼制，父母没则不得归宁者，义也。虽国灭君死，不得往赴焉，义重于亡故也。"

这句话是说，按照《春秋》礼制，父母不在就不能回家省亲，这是义。国灭君死，也不可以前往。义比亡故大。

真要骂一句，见鬼去吧。

我们看到的是，千载之后，许穆夫人的光华，依然灼灼。

籊籊(dí)竹竿，以钓于淇。

岂不尔思？远莫致之。

泉源在左，淇水在右。

女子有行，远兄弟父母。

淇水在右，泉源在左。

巧笑之瑳(cuō)，佩玉之傩(nuó)。

淇水滺滺(yóu)，桧(guì)楫松舟。

驾言出游，以写[①]我忧。

《卫风·竹竿》

---

① 写：同"泻"。宣泄，排解。

毖彼泉水，亦流于淇。

有怀于卫，靡日不思。

娈彼诸姬，聊与之谋。

出宿于泲，饮饯于祢。

女子有行，远父母兄弟。

问我诸姑，遂及伯姊。

出宿于干，饮饯于言。

载脂载舝，还车言迈。

遄臻于卫，不瑕有害？

我思肥泉，兹之永叹。

思须与漕，我心悠悠。

驾言出游，以写我忧。

《邶风·泉水》

这两首诗，和前面的《载驰》一样，传说均为许穆夫人所作。

《鄘风·载驰》大义凛然，有男子气，这两首则深情婉转，是女儿态。

诗《卫风·竹竿》回忆年少时，在淇水边垂钓、嬉戏，淇水悠悠，竹竿细长。当时无忧无虑地玩耍，笑得多开怀，露出了洁白的牙齿，身上佩玉叮咚响。而今淇水悠悠依然，桧木松桨依然，可是自己却远离了故乡和亲人，长路漫漫，再也回不去了。回不去家乡，回不去少年时。

后一首《邶风·泉水》，借奔流不息的淇水起兴，感怀好时光一去不复返,表达出嫁后思念家乡,想念姑姑和姐妹的依依不舍之情,她说——

我如果现在能够回去,回到当初乘车来时的光景,那该多好。我一定要把车轴上好油,赶快掉头回家乡,看看我的卫国,是否安然无恙?

我的心,飞到了肥泉,飞到了须城与漕邑,飞到了我亲爱的祖国……而今,我只能驾车出游,缓缓行,悠悠走,聊以解忧。

故乡,家园,同伙伴一起游玩的少女时光,那些美好的回忆无法抹去,如同珍宝般在我的生命中熠熠闪光。在暗夜里,在睡梦中,时时想,难忘怀。

深情婉转,催人泪下。

也读到,女子如同飘蓬一样可叹又可悲的宿命——

曷至哉?①

没有地方可去,没有家可回。

---

① 出自《王风·君子于役》:"君子于役,不知其期,曷至哉?"

# 麟之趾

麟之趾，振振公子，于嗟麟兮。

麟之定，振振公姓，于嗟麟兮。

麟之角，振振公族，于嗟麟兮。

《周南·麟之趾》

麒麟，传说中的神物。它有蹄不踏，有额不抵，有角不触，被古人看作至尊至美的瑞兽，用它比拟"公子""公姓""公族"等"士君子"的忠笃、仁厚、诚实。后世用"凤毛麟角"，形容杰出的、超群的、不一般的才华与品格。

《毛诗序》言："《麟之趾》，《关雎》之应也。《关雎》之化行，则天下无犯非礼，虽衰世公子，皆信厚如麟趾之时也。"

譬如，古琴曲有《获麟操》，正是阳刚正大气象。著名古琴演奏家管平湖先生的演奏尤具清正端敬之味。

西周时期的男性美，除了"奉时辰牡，辰牡孔硕。公曰左之，舍拔则获"（《秦风·驷驖》）的雄峻英发，除了"叔于田……洵美且仁"（《郑风·叔于田》）和"卢令令，其人美且仁"（《齐风·卢令》）所形容的打猎男子的御风而行、雄强康健外，最令人心动的，还是如《麟之趾》

所言一般，眉清目朗、内蕴丰厚的气质美。

> 猗嗟昌兮，颀而长兮。
>
> 抑若扬兮，美目扬兮。
>
> 巧趋跄(qiāng)兮，射则臧兮。
>
> 猗嗟名兮，美目清兮。
>
> 仪既成兮，终日射侯。
>
> 不出正兮，展我甥兮。
>
> 猗嗟娈兮，清扬婉兮。
>
> 舞则选兮，射则贯兮。
>
> 四矢反兮，以御乱兮。

《齐风·猗嗟》

诗分三章，反复咏叹，那个身材颀长的美少年，他有多么漂亮的面容，多么宽广的额头，美目含情，气质超拔，跳起舞来如风飞扬，步履从容又美好，射击的技艺超群出众，可堪为国家的栋梁材。

试想，这样的少年郎，青春正好，美得耀眼。

《毛诗序》说："《猗嗟》，刺鲁庄公也。齐人伤鲁庄公有威仪技巧，而不能以礼防闲其母。失子之道，人以为齐侯之子焉。"

意思是说，这诗是讽刺鲁庄公的，说他白长了一副好皮囊，管不住自己的母亲，不能用礼仪来约束她，失去了做儿子的"道"。

见鬼去吧。母亲的事情，儿子管得了多少？更何况大周的宫廷，谁是谁的孩子，谁又能说得清楚？我们只知道，鲁庄公的母亲文姜和她的哥哥姜诸儿（齐襄公）爱得天地为之变色。我们感叹上天为何独爱齐？将所有美好的男男女女，都给了齐鲁大地。

"展我甥兮"，多么骄傲，我齐君的外甥鲁庄公，他是多么美的美少年！

姚际恒《诗经通论》评此诗"三章皆言射，极有条理，而叙法错综入妙"。是的，循环往复，层层叠加，音韵的美和人物的美，结合得多么美妙。即诵即咏之间，金声玉应之间，仿佛清风扑面来，美少年的眉目体态如同活了一般。

而方玉润《诗经原始》说得最为恰切："此齐人初见庄公而叹其威仪技艺之美。不失为名门之子，而又可以以戡乱才，诚哉，其为齐侯之甥矣！意本赞美，以其母不贤，故自后人观之而以为刺尔。于是议论纷纷，以'齐侯之甥'以为微词，将诗人忠厚待人的本意尽情说坏。"

温柔敦厚，才是《诗》。

> 瞻彼淇奥，绿竹猗猗(yī)。
> 
> 有匪君子，如切如磋，如琢如磨。
> 
> 瑟兮僩(xiàn)兮，赫兮咺(xuān)兮。
> 
> 有匪君子，终不可谖(xuān)兮。
> 
> 瞻彼淇奥，绿竹青青。
> 
> 有匪君子，充耳琇(xiù)莹，会弁(kuài biàn)如星。

瑟兮僩兮，赫兮咺兮。

有匪君子，终不可谖兮。

瞻彼淇奥，绿竹如箦(zé)。

有匪君子，如金如锡，如圭如璧。

宽兮绰兮，猗重较(jué)兮。

善戏谑兮，不为虐兮。

看那淇水轻流过，绿竹婀娜又美好。

美君子兮多风流，好像牙骨经切磋，如同美玉曾琢磨。

多么庄严又威武，多么光明又磊落。

美君子兮多风流，永记心中不忘怀。

看那淇水流清清，绿竹苍翠又葱茏。

美君子兮多风流，宝石耳环多晶莹，帽上美玉亮如星。

多么庄严又威武，看他磊落又光明。

美君子兮多风流，永远铭记在心怀。

看那淇水水流清，绿竹层层多茂密。

美君子兮多风流，人品高迈如金锡，又如圭璧多纯净。

温良宽厚无人及，登车凭依好稳重。

谈笑风生多有趣，多么平易不为虐。

《卫风·淇奥》

陈奂《诗毛氏传疏》："诗以绿竹之美盛，喻武公之质美德盛。"

诗以绿竹起兴，全篇用比，称赞"君子"美好的音容与德行，如玉石、如象牙那样温润和婉，如切如磋，如琢如磨；如金如锡，又如圭如璧。一连串的形容，体现了中国文化对君子内外皆修的高要求以及审美的高标准：温润、厚朴、忠良、晶莹，既亲切又美好，既光明又磊落。

这样的美男子，让人怀想不已。

多年以后，也是在这样的一丛绿竹旁，明月下，林深处，唐朝诗人王维独行啸歌：

独坐幽篁里，弹琴复长啸。

深林人不知，明月来相照。

绿竹，淇水幽幽；幽篁，琴声悠悠。有匪君子，宽兮绰兮；悄无人处，独坐抚琴。登车稳重，谈笑有趣；林深夜静，明月来伴。"士君子"的美与善，清高与出尘，高雅清逸的气质与品格，通过比兴，通过浅淡的景物描摹，尽现于我们眼前。如同美酒，千年以来，我们一同醉倒在"他"的笑靥里。

# 美如玉

清人黄仲则有诗云"到死未消兰气息,他生宜护玉精神",兰的气息,玉的精神,是中国文化中君子应具备的外与内,馥郁与坚韧。

中国人常说"君子无故,玉不去身""君子比德于玉""玉有五德"等等。什么是玉的"五德"?简言之,就是"仁、义、智、勇、洁"。

东汉许慎《说文解字》曰:"玉,石之美者有五德。润泽以温,仁之方也;䚡理自外,可以知中,义之方也;其声舒扬,专以远闻,智之方也;不挠而折,勇之方也;锐廉而不忮,洁之方也。"

用白话讲来,大致是说,玉这种美丽的石头,有五种高贵的品德,分别是仁、义、智、勇、洁。与之相匹配的,是玉石的五种特性,就是温润、表里一致、其声清越、宁折不弯、断口锐利却不伤人。

管子又说玉有九德,孔子则说玉有十德,总之都是在赞美玉。

当然,也是在说人——人所应该具有的品质,中华民族对温润如玉的谦谦君子的品格要求。

看似柔弱,实则坚韧,天然质朴又含蓄内敛,仿佛水利万物而不争。

从以上种种可见,玉石,在中国文化中,可以说将平凡与高贵相结合、淳朴与高尚相结合、简明扼要与譬喻宛转相结合。玉石文化,由下至上,又由上至下，由里向外，从古至今，贯穿并影响了中国人的衣食住行：劳动时，玉斧石镰；吃饭时，玉为盘盏；盖房子，开山采石；行动时，佩玉将将……殷商妇好墓出土的玉器，可谓琳琅满目、美不胜收。玉石文化，博大精深，由衣食住行发展到形而上的精神层面，主导了中国的审美走向，并上升到哲学的高度：要求人要像玉一样，有玉那么广大的内涵，如玉那般的干净美好，文质彬彬，温柔敦厚。

葭

人类最初于石头的应用，表现为对石头的简单打磨，以及石斧石镰的制造与使用。"涉渭为乱，取砺取锻"（《大雅·公刘》），由诗中的描写可见一斑。

人们寻找美丽的石头，加工使用或佩戴。著名的旧石器考古学家贾兰坡在其《"北京人"的故居》中写道："所有的装饰品都相当精致，小砾石的装饰品是用微绿色的火成岩从两面对钻成的，选择的砾石很周正，颇像现代妇女胸前佩戴的鸡心。小石珠是用白色的小石灰岩块磨成的，中间钻有小孔。穿孔的牙齿是由齿根的两侧对挖穿通齿腔而成的。所有装饰品的穿孔，几乎都是红色，好像是它们的穿戴都用赤铁矿染过。"在历史的变迁中，玉石文化渐渐形成并光大。

玉器还是我们祖先祭祀天地、四方、社稷等的礼器之一。《周礼·春官·大宗伯》:"以玉作六器,以礼天地四方。以苍璧礼天,以黄琮(cóng)礼地,以青珪(guī)礼东方,以赤璋(zhāng)礼南方,以白琥(hǔ)礼西方,以玄璜礼北方。"这段话说明玉作为礼器的重要性,也明白地告诉我们:各类玉礼器在使用时都有详细的分工和不同的作用,它的苍黄青赤白、圆与方、长和短、大和小、尖锐与圆融中,寄托了中国人对天地自然的无限敬畏。

读《诗》,我们亦可以管中窥豹,略见一斑。

《大雅·棫朴》:"左右奉璋。奉璋峨峨"(左右恭敬捧着璋。态度严肃又庄重),叙说的是周王出征前祭祀的端严恭谨。《大雅·云汉》:"圭璧既卒,宁莫我听"(圭璧已经用尽,老天你还是不听),表达周王君臣祭祀尽心尽力,所有的圭璧已经用光了,老天爷还是不开眼,不肯降甘霖救百姓。《大雅·旱麓》:"瑟彼玉瓒(zàn),黄流在中"(祭祀玉壶有光彩,香甜美酒流出来),表达祭祀的虔诚,以及对人才的重视与尊重。

一般的贵族阶层,佩玉、赠玉,于生活、交往中寓意吉祥与美好,《诗》中,比比皆是:

> 有女同车,颜如舜华①。
> 将翱将翔,佩玉琼琚。
> 彼美孟姜,洵美且都。

---

① 舜华(huā):木槿花,即芙蓉花。

有女同行,颜如舜英。

将翱将翔,佩玉将将。

彼美孟姜,德音不忘。

《郑风·有女同车》

俟我于著①乎而,充耳以素乎而,

尚之以琼华乎而。

俟我于庭乎而,充耳以青乎而,

尚之以琼莹乎而。

俟我于堂乎而,充耳以黄乎而,

尚之以琼英乎而。

《齐风·著》

《郑风·有女同车》是一首贵族青年男女的恋歌,描写一个青春男子,对和他同车出行的一个宛若木槿花一般的姑娘的赞美。"将翱将翔,佩玉琼琚""将翱将翔,佩玉将将",反复咏唱,用佩玉的声音叮当,映衬"她"飘飘若仙的神采,也用玉来暗喻姑娘具有如玉般的美好品德。

《齐风·著》则讲述一个新娘,在幸福的日子里,欣喜地等待着新郎前来迎娶。诗分三章,赞美她眼中新郎的美好:"他等待着我在屏风前、庭院中、厅堂里,他帽子边上的丝线,洁白、青绿、明黄多漂亮,上面挂着的美玉多么光彩!"写玉的目的,是为了烘托新郎的出众和出嫁的

---

① 著:通"宁",大门和屏风之间,古代婚娶亲迎的地方。

舜

美好。总之,在她眼中,无一不美,无物不美。

"我送舅氏,悠悠我思。何以赠之?琼瑰玉佩"(《秦风·渭阳》);"丘中有李,彼留之子。彼留之子,贻我佩玖"(《王风·丘中有麻》);"投我以木瓜,报之以琼琚。匪报也,永以为好也。投我以木桃,报之以琼瑶。匪报也,永以为好也。投我以木李,报之以琼玖,匪报也,永以为好也"

(《卫风·木瓜》），这三首诗都借赠玉来表达人情浓厚，寓意美好。琼：赤色玉，泛指美玉。瑰：似玉的美石。琚、瑶：不同形状的玉。玖：黑色的玉石。

同样的，《诗》中总爱用玉来比人，取玉的美好与温润。

扬之水《诗经名物新证》中这样写道："《召南·野有死麕》'有女如玉'，《魏风·汾沮洳》'彼其之子，美如玉'，《小雅·白驹》'其人如玉'都是以玉来比喻人的容颜姣好、容仪有辉，《小戎》'言念君子，温其如玉''厌厌良人，秩秩德音'更是把玉与人、与人的品质与德行紧紧相连。'佩玉将将'，玉声写人。一章以'颜如渥丹'写人的容颜与精神，此则用步态中的礼容与之承接呼应。"

由"其人如玉""温其如玉"，进而"佩玉将将"，玉声写人，用步态中的礼容与之承接呼应，可见玉在诗人心目中，有着形音义不可分割的综合美、意象美、意境美。

《诗经》中，不但用玉比人，还把人和琢磨玉的行为相比较，表达一种君子在磨砺中日见光芒的美好："有匪君子，如切如磋，如琢如磨……有匪君子，如金如锡，如圭如璧。"（《卫风·淇奥》）

中国传统文化中，对君子的要求，对君子美好的品德、气质、音容、行止的要求，自古至今，承接不辍，并将绵延不绝："颙（yóng）颙卬卬，如圭如璋，令闻令望。岂弟君子，四方为纲。"（《大雅·卷阿》）

——温良恭敬的好君子，品德纯洁如圭璋，名声威望传四方。恺悌君子，天下榜样。

# 摽有梅

西周的天空,飘着五彩的祥云。

"汉广""小星""桃夭""山有枢""摽(biào)有梅""颜如舜华"……读着这些,我们有无限的欢喜在心头。想起泥土,山乡,芳草萋萋,东方之日。

最美的生活,一定是和草木山川同呼吸、共生长,看万树春色,青山转黄。最美的生活,是淡雅的水墨,安静从容,古老的中国在画卷中渐入淡出,余韵袅袅。

"小星",是苍蓝天幕上,银光闪闪的顽皮孩子的歌唱。

那遥远的、再也回不去的故乡啊,清晨与黄昏的天空,无数的星子在天穹闪亮。离天好近。看天慢慢由淡青转深蓝,看"嘒彼小星,三五在东"(《召南·小星》)。眼睛一眨一眨的小星,三个五个,闪耀在东方。

"绿衣",是青春女子那未染尘埃的眉和眼。"绿兮衣兮,绿衣黄里"(《邶风·绿衣》),绿色衣啊绿色衣,有着黄黄的内里。

"桑中",属于乡村的那一片深绿浅绿的桑树林。阳光照耀清晨的露珠,斑斓闪亮。五颜六色的牵牛吹着喇叭。

躺在林中,读诗——

>……让风吹过牧场。
>
>让枝头最后的果实饱满。
>
>再给两天南方的好天气,
>
>催它们成熟,把最后的甘甜压进浓酒。
>
>谁此时没有房子,就不必建造,
>
>谁此时孤独,就永远孤独,
>
>就醒来,读书,写长长的信,
>
>在林荫路上不停地,
>
>徘徊,落叶纷飞。
>
> ——德·里尔克

或者,什么也不干。

《鄘风·桑中》:

>爱采唐矣?沬(mèi)之乡矣。
>
>云谁之思?美孟姜矣。
>
>期我乎桑中,要我乎上宫,
>
>送我乎淇之上矣。

到哪里去采女萝,去那卫国的沬乡。我的心中在想谁?就是美人儿她姓姜。约我等待在桑中,邀我相会在上宫,她送我于淇水之上。

"桑间濮上",就是我们这鲜活的民间。

"采葛",买来葛根,用刀切成薄片。色白味甜,吃了嗓子清凉。

雨后,松林下,草丛中,有一窝青头菌。满山绿紫的蕨迎风生长。

《王风·采葛》:"彼采葛兮,一日不见,如三月兮!"这里的葛指葛藤,茎可制纤维,织夏布。"有位姑娘去采葛,只要一天没见到,好像别离三月长"。诗分三章,反复咏叹,她去采葛、采萧、采艾,我一天没见到她,仿佛隔了三月、三秋、三年。相思的苦,真是煎熬。

"卷耳",有一种黑黑的地衣,叫地卷皮,在雨后的大山中伏在地上。采来凉拌,清甜可口。

《周南·卷耳》:

> 采采卷耳,不盈顷筐。
> 嗟我怀人,寘彼周行。
>
> 陟彼崔嵬,我马虺隤。
> 我姑酌彼金罍,维以不永怀。

卷耳,即苍耳,嫩苗可食,子可入药。

所引两节,上节以卷耳起兴,写女子在采卷耳时想念自己远行的丈夫,心有所思,卷耳采不满筐,把它丢在大路边。下节类似电影镜头的切换,相当出彩:"我登上了高高的石山,我的马腿已发软。我姑且把金杯斟满,借酒浇灭我心中悠悠的思念!""我姑酌彼金罍,维以不永怀",其中情思之缠绵悱恻、之悲苦惆怅,令人动容。

"蟋蟀",一只蟋蟀在屋外鸣叫。来,让我们叫上玩伴,一起去抓蟋蟀。打上手电,猛地一扑,抓到了,抓到了!太阳很毒,草丛中的树根旁,有只绿蚂蚱。夏天的夜晚,走出屋外,会听到青蛙响亮的叫声。

《豳风·七月》:

七月在野，八月在宇。

九月在户，十月蟋蟀入我床下。

《唐风·蟋蟀》：

蟋蟀在堂，岁聿(yù)其莫。

今我不乐，日月其除。

天寒蟋蟀进堂屋，岁月匆匆临岁暮。如果我再不及时行乐，恐怕光阴一去不复返。

有时序的更替，有对光阴匆匆的喟叹。

"螽斯"，夏夜的田埂上，一摸一把金龟子，用大瓶装上，拿回家喂鸡。

萤火虫打着灯笼，飞来舞去。

《周南·螽斯》：

螽(zhōng)斯羽，诜诜(shēn)兮。

宜尔子孙，振振兮。

螽斯，《尔雅·释虫》中作蚣（zhōng）蝑（xū），《毛传》："螽斯，蚣蝑也。诜诜，众多也。"

全诗用比，以螽斯多产多子，祈求子孙绵延，吉祥昌盛。"螽斯群群飞舞鸣，你们多子又多孙，繁荣兴盛多欢乐"。

"桃夭"，桃夭是春天水粉色的短袖，配那浅紫花瓣鹅黄地的短裙。

也是今秋此刻，你穿在身上的浅灰地粉桃与淡荷相间的旗袍。

《周南·桃夭》：

> 桃之夭夭，灼灼其华。
>
> 之子于归，宜其室家。

桃花灼灼，是春天好女儿的颜色。把她娶回家吧，一定贤淑又和顺。

"摽有梅"，梅子是青青的少年郎，花刚开过，叶正扶疏，果儿还酸涩。好比我们青春时代遇到的那个少年，他眉目俊朗如星月。

《召南·摽有梅》：

> 摽有梅，其实七兮。
>
> 求我庶士，迨(dài)其吉兮。

以梅子成熟起兴，表达青春将逝，愿自己的心上人能快点出现。用句时尚的话说：希望我在最好的年代，遇上最好的你。相遇，相知，相爱，无愧亦无悔。

"青青"，青青的苍蓝的颜色，是稍纵即逝的脆弱，又是明亮温润的深沉。

《郑风·子衿》：

> 青青子衿，悠悠我心。
>
> 纵我不往，子宁不嗣音。

青青的是你的衣领，悠悠的是我的心境。纵然我没有去找你，你为什么渺无音讯？

一种深深的思念，百转千回的惦记，在诗里悠悠唱响。那穿着青青衣衫的男子啊，永在我的心头。

"青青子衿，悠悠我心。但为君故，沉吟至今"，几百年后，雄才大略曹孟德，在赤壁水边，吟出如此诗行。其中的深情款款，绵延古今。

"东方之日"，是温暖的明黄，天边的光明璀璨。

《齐风·东方之日》：

> 东方之日兮，彼姝者子，在我室兮。
> 
> 在我室兮，履我即兮。
> 
> 东方之月兮，彼姝者子，在我闼兮。
> 
> 在我闼兮，履我发兮。

"东方之日兮"，有位好姑娘，就像东方的太阳，来到了我的屋里，在我膝头诉衷肠。"东方之月兮"，有位好姑娘，就像东方的月亮，来到了我的家门里，悄跟随我情意长。

"素以为绚兮"，写月无色，却分明"巧笑倩兮，美目盼兮"宛若眼前，明亮，璀璨，温暖而幸福。

# 山有枢

小的时候，住在乡县、城郊，每天上下学，都要经过农人的田地或者他人的庭院。春天野菜萌发，绿树闪闪，花朵红红紫紫，好看得很。

太多人喜欢植物，寄托情感于植物，却对其知之甚少。

如果打开《诗经》，一首首读下来，几乎每一首，都能找到喜欢的植物，嗅着草木的芬芳。

"参差荇菜""采葑采菲""采蘩""采采卷耳"……春天，植物有着那么多的话要说、要讲。

讲出来，就是诗。

陆玑所著《毛诗草木鸟兽虫鱼疏》，对《诗经》中的动植物研究最早且影响最大。它专门针对《诗经》中所吟唱的动植物进行详细的注释解读，因此有人称赞它是"中国第一部有关动植物的专著"。全书共记载草本植物八十种、木本植物三十四种、鸟类二十三种、兽类九种、鱼类十种、

枢

虫类十八种，共计动植物一百七十五种。对每种动物或植物不仅记其名称（包括各地的异名），而且细致描述其形状、生态和使用价值。

例如对《周南·关雎》中的荇菜，陆玑是这样描述的："荇，名接余。白茎，叶紫赤色，正圆、径寸余，浮在水上，根在水底，茎与水深浅等。大如钗股，上青下白，美白茎，以苦酒浸入，美可案酒。"可谓相当清楚明了。

读《诗经》，对一般人而言，古书中的解释，总觉得不容易弄明白。原因之一是语言的古奥，另外，基于物种的进化，有些动植物消失了，有些名称改变了。

读者结合《现代汉语词典》以及前人注释中的解释，可以学到很多知识。我们来看这些植物：

葛：葛藤，是一种蔓生纤维科植物，其皮可以制成纤维用以织布，现在叫作夏布。《周南·葛覃》："葛之覃（tán）兮，施（yì）于中谷。"

卷耳：植物名，今名苍耳，嫩苗可吃，也可药用。《周南·卷耳》："采采卷耳，不盈顷筐。"

樛（jiū）木：弯曲的树枝。葛藟（lěi）：野葡萄之类，蔓生植物，形状像葛。《周南·樛木》："南有樛木，葛藟累之。"

芣（fú）苢（yǐ）：古书上指车前草。《周南·芣苢》："采采芣苢，薄言采之。"

乔木：高耸的树。《毛传》："南方之木美，乔，上竦也。"《周南·汉广》："南有乔木，不可休思。"

蕨：多年生草本植物，生长在山野草地里，根茎长，横生地下，复叶，羽状分裂。嫩叶可食用，根茎可制淀粉。全株入药。

薇：古书上指巢菜，亦称野豌豆苗。《召南·草虫》："陟彼南山，言采其蕨。""陟彼南山，言采其薇。"《小雅·采薇》："采薇采薇，薇亦作止。"

蘩：白蒿。可用来制造养蚕的工具"箔"。朱熹："蘩所以生蚕。"《召南·采蘩》："于以采蘩？于沼于沚。"

蘋：蕨类植物，生长在浅水中，茎横生于泥中，质柔软有分枝，叶有长柄，四片小叶生在叶柄顶端。到夏秋时，叶柄的下部生出小枝，枝上生子囊，里面有孢子，也叫"田字草"。《召南·采蘋》："于以采蘋，南涧之滨。"

唐棣：植物名，结实形如桃李，可食。《召南·何彼秾矣》："何彼秾矣，唐棣之华。"

棘：酸枣树，初发芽时心赤。《邶风·凯风》："凯风自南，吹彼棘心。"

匏：葫芦。古人常腰拴葫芦以渡水。《邶风·匏有苦叶》："匏有苦叶，济有深涉。"

荼（tú）：古书上说的一种苦菜，另指茅草上的白花。如火如荼。

荠：一种多年生草本植物，叶子羽状分裂，裂片有缺刻，花白色。嫩叶可食，全草入药。《邶风·谷风》："谁谓荼苦，其甘如荠。"

茨：蒺藜，亦名爬墙草。《鄘风·墙

荇苢、卷耳

有茨》："墙有茨，不可扫也。"

唐：女萝，蔓生植物。也说"唐"通"棠"，指沙棠。

葑：古书指芜菁。芜菁：块根肉质，白色或红色，扁球形或长形，叶子狭长，有大缺刻，花黄色，块根可作蔬菜，块根也叫"蔓菁"。

菲：萝卜。

《鄘风·桑中》："爰采唐矣，沬之乡矣。""爰采葑矣，沬之东矣。"《邶风·谷风》："采葑采菲，无以下体。"

榛、栗：树名。古人建国，在庙朝官府周围皆植名木，榛栗的果实可供祭祀。

椅：梧桐一类的树，青色。桐：梧桐。梓：楸一类的树，似桐而叶小。漆：漆树。这四种树，都是做琴、瑟的好材料。

《鄘风·定之方中》："树之榛栗，椅桐梓漆。"

芃：芃芃，形容植物茂盛。《鄘风·载驰》："我行其野，芃芃其麦。"

芄（wán）兰：蔓生植物，亦名萝藦（mò）。枝上结的荚子呈尖形，折断有白汁，可食。《卫风·芄兰》："芄兰之支，童子佩觿（xī）"。支：同枝。觿：一种装饰品，样子像芄兰。

谖：即萱草，叶子条状披针形，花橙红色或黄红色，也叫忘忧草、母亲花。后人用"椿萱并茂"比喻父母健在。《卫风·伯兮》："焉得谖草，言树之背。"

蓷（tuī）：即益母草，通常长在了潮湿之处。《王风·中谷有蓷》："中谷有蓷，暵其干也。"

萧：植物名，蒿类，有香气，古人祭祀时用。

桐

艾：植物名，艾叶可供药用和针灸。朱熹《诗集传》："艾，蒿属，干之可炙，故采之。"《王风·采葛》："彼采萧兮""彼采艾兮"。

茹藘（lú）：茜草。茜草：多年生草本植物，根圆锥形，黄赤色，茎有倒生刺，叶子轮生，心脏形或长卵形，花冠黄色，果实球形，根可做红色染料。《红楼梦》有一回为"蒋玉菡情赠茜香罗 薛宝钗羞笼红麝串"。《郑风·东门之墠》："东门之墠（shàn），茹藘在阪。"

莫：野菜名。陆玑《毛诗草木鸟兽虫鱼疏》中记："莫，茎大如箸，赤节，节一叶，似柳叶，厚而长，有毛刺……始生，可以为羹，又可生食。"

蕦（xù）：即泽泻，药名，亦可做菜。《魏风·汾沮（jù）洳（rù）》：

"言采其莫""言采其薁"。

枢：有刺的榆树，亦名刺榆。

栲（kǎo）：常绿乔木，木质坚密，皮可制栲胶或染渔网。

杻（niǔ）：亦名檍，梓一类的树。胡承珙《毛诗后笺》记："梓属。大者可为棺椁，小者可为弓材。"

《唐风·山有枢》："山有枢，隰有榆""山有栲，隰有杻"。

杜：杜梨、赤棠梨。蔷薇科落叶乔木，枝有刺，果实小而酸。《唐风·杕杜》："有杕（dì）之杜，其叶菁菁。"杕：树木独立特出。

栩：柞树。《唐风·鸨羽》："肃肃鸨羽，集于苞栩。"

苓：甘草。《唐风·采苓》："采苓采苓，首阳之巅。"

条：楸树。纪：杞柳。堂：棠梨。《秦风·终南》："有条有梅""有纪有堂"。

棣：亦名唐棣、郁李，结果色红如李。檖（suì）：山梨。《秦风·晨风》："山有苞棣，隰有树檖。"

蓍（shī）：多年生草本，茎有棱，叶子互生，羽状深裂，裂片有锯齿，花白色，结瘦果，扁平，通称蚰蜒草或锯齿草。《曹风·下泉》："冽彼下泉，浸彼苞蓍。"

苌楚：类似猕猴桃的植物。《桧风·隰有苌楚》："隰有苌楚，猗傩其枝。"

苕（tiáo）：古书指凌霄花。《小雅·苕之华》："苕之华，芸其黄矣。"

莪：蓼莪，多年生草本植物，叶子像针，花黄绿色，头状花序，生在水边。《小雅·蓼莪》："蓼蓼者莪，匪莪伊蒿。"

菅：多年生草本植物，叶子细而长，花绿色，结颖果，褐色。《小雅·白华》："英英白云，露彼菅茅。"

常吃的粮食有：

黍：小米。稷：稻谷，有人认为指高粱。重：同穜（tóng），早种晚熟的谷。穋（lù）：同稑，晚种早熟的谷。菽：豆类的总称。

《鲁颂·閟宫》："黍稷重穋，稙稚菽麦。"

孔子在《论语·阳货》里说："小子何莫学夫《诗》？《诗》，可以兴，可以观，可以群，可以怨。迩之事父，远之事君，多识于鸟兽草木之名。"

是的是的，"山有枢，隰有榆""山有栲，隰有杻"，从草木鸟兽虫鱼中[1]，我们后世读者读到的，是郁郁葱葱，是生生不息。

---

[1] 扬之水《诗经名物新证》：诗以物记事，所谓"以草木为春秋"也，如采薇之"作止""柔止""刚止"，不过就一物之中，更易一二字，而时序相去了然，故深情至意，每由景语酝酿得来。

# 螽斯羽

　　《七月》的乡村，明净而温暖，虫唱唧唧，鸟鸣喈喈，桑条绿了，孩子大了。如果说，《颂》和《大雅》里的农事，是站在高处与近旁的俯瞰和旁观，那么《七月》的收获，全是自家地里的欣喜自足，人们置身其中，劳作于其中，歌唱安宁美好的生活。

　　　　七月流火，九月授衣。
　　　　一之日觱(bì)发(bō)，二之日栗烈。
　　　　无衣无褐(hè)，何以卒岁？
　　　　三之日于耜(sì)，四之日举趾。
　　　　同我妇子，馌(yè)彼南亩，田畯(jùn)至喜。

　　　　七月流火，九月授衣。
　　　　春日载阳，有鸣仓庚。
　　　　女执懿筐，遵彼微行(háng)，爰求柔桑。
　　　　春日迟迟，采蘩祁祁。
　　　　女心伤悲，殆及公子同归。

　　　　七月流火，八月萑(huán)苇。

蚕月条桑，取彼斧斨(qiāng)，

以伐远扬，猗彼女桑。

七月鸣鵙(jú)，八月载绩。

载玄载黄，我朱孔阳，为公子裳。

四月秀葽(yāo)，五月鸣蜩(tiáo)。

八月其获，十月陨萚(tuò)。

一之日于貉(hè)，取彼狐狸，为公子裘。

二之日其同，载缵(zuǎn)武功，

言私其豵(zōng)，献豣(jiān)于公。

五月斯螽(zhōng)动股，六月莎鸡振羽。

七月在野，八月在宇，

九月在户，十月蟋蟀入我床下。

穹窒(zhì)熏鼠，塞向墐(jìn)户。

嗟我妇子，曰为改岁，入此室处。

六月食郁及薁(yù)，七月亨葵及菽，

八月剥枣，十月获稻，

为此春酒，以介(gài)眉寿。

七月食瓜，八月断壶，九月叔苴(jū)。

采荼薪樗(chū)，食我农夫。

九月筑场圃，十月纳禾稼。

黍稷重穋(tóng lù)，禾麻菽麦。

嗟我农夫，我稼既同，上入执宫功。
昼尔于茅，宵尔索绹(táo)。
亟其乘屋，其始播百谷。

二之日凿冰冲冲，三之日纳于凌阴。
四之日其蚤，献羔祭韭。
九月肃霜，十月涤场。
朋酒斯飨，曰杀羔羊。
跻彼公堂，称彼兕觥(sì gōng)，万寿无疆！

七月火星向西移，九月我们缝衣裳。
十一月北风呼呼，十二月寒气逼人。
如果没有粗布衣，怎么可以把冬过？
正月农具修整好，二月下地春耕忙。
告诉老婆和孩子，一起送饭到田里，田官见了喜开怀。

七月火星向西移，九月我们缝衣裳。
春天太阳暖洋洋，黄莺鸟儿唱得欢。
女孩手提深竹筐，顺着小路缓缓行，采那嫩嫩桑树叶。
春深白日渐渐长，采摘蒿叶人嚷嚷。
女儿心里伤了春，怕那出嫁日子要到来。

七月火星向西移，八月割苇来收藏。
三月动手修桑条，拿起斧头拿起戕。
高处长条砍光光，攀着短枝采嫩桑。

莎鸡二种

七月伯劳鸣树上,八月纺麻织布忙。
染上黑色染上黄,我的红布最漂亮,我替公子做衣裳。

四月远志结子囊,五月知了声声唱。
八月庄稼忙收获,十月风吹叶儿落。
十一月来打貉子,捕猎狐狸剥它皮,我替公子做皮袍。
十二月里来聚会,继续打猎练武忙,

小猪留给自己吃，大的交给官家尝。

五月蚱蜢弹腿响，六月蝈蝈抖翅膀。
七月蟋蟀户外鸣，八月屋檐下面唱，
九月跳进屋里来，十月到我床下藏。
垃圾扫光熏老鼠，泥好门户封北窗。
忙完嘱咐妻和子，眼看就到年关了，赶快住进这房间。

六月尝李及葡萄，七月煮葵烧豆汤，
八月打枣忙又忙，十月获稻喜洋洋，
我来忙着酿好酒，祝福大伙福寿长。
七月采瓜吃瓜忙，八月来把葫芦吃，九月麻子好收藏。
采些苦菜砍点柴，储好粮来我有食。

九月筑好打谷场，十月庄稼要进仓。
小米高粱和稻子，粟麻豆麦全收藏。
叹我农夫命里忙。我的庄稼刚收完，又要忙着修宫房。
白天忙着割茅草，晚上搓绳长又长。
急急忙忙来盖屋，开春要播百种粮。

腊月凿冰冲冲响，正月送到冰窖藏。
二月取冰献祭忙，既献羔来又献韭。
九月天高气又爽，十月清扫打谷场。
捧上两壶清香酒，宰杀大羊和小羊。
踏上台阶进公堂，举起手中牛角杯，祝福您来寿无疆！

诗分八章，用清人牛运震的话说来："又一诗中而藏无数小诗，一派古风，满篇春色。"实中有虚，虚中含实，虚虚实实中，满纸春色尽在眼前。全诗无大的悲喜，平淡浅近，按照一月月的顺序，用"赋"的手法，缓缓叙说，一年里，天气变了，农事忙了，"我"在自然更替中辛勤忙碌。"仰观星日霜露之变，俯察昆虫草木之化，以知天时，以授民事"（《毛诗序》）。是片段的集合，是日复一日，也是一生。这样的一生，安宁自足，有一点小小的牢骚、不满，却没有激烈的冲突、抗争，有的是和自然相依相谐的知足常乐，乐天知命。

豝

这样的日子，是一家的日子，也是所有中国农人的日子。

"我们"平静地生活，平淡地交往，劳动歌唱，有温暖，有幸福，有疼痛，有悲伤。一切，浅淡如水墨，晕染出了一个光辉灿烂的文明中华。

钱穆《中国文化史导论》："《诗经》三百篇里，极多关涉到家族情感与家族道德方面的，无论父子、兄弟、夫妇，一切家族哀、乐、变、常之情，莫不忠诚恻怛，温柔敦厚。唯有此类内心情感与真实道德，始可以维系中国古代的家族生命，乃至数百年以及一千数百年之久。"

忠诚恻怛，温柔敦厚，维系中国的家庭和乡村，千年不辍，至今不变：农人，依然那么忙碌，那么辛劳，那么和厚，那么善良。改变了的，只有大地、山川和河流，还有时间。

诗中，万物有情，星星告诉我们时序，草虫鸣唱着春秋。而那些花草树木，更是变幻色彩，经由萌发与枯萎，凋零与成长，提醒着人们夏与冬，节气与四季。

多姿多彩，也欢乐，也喟叹。淡淡的忧伤，浅浅的喜悦。我们劳动，我们浅歌慢吟，我们和自然万物本是一体，不离不弃，相亲相爱，看它的荣枯，知我的命运。

这是一篇周人祖先于豳地生活的叙事长诗，也是中华民族乡村生活的史诗。

# 不素餐

"封建：一种政治制度，君主把土地分给宗室和功臣，让他们在这土地上建国。我国周代开始有这种制度，其后有些朝代也曾仿行。欧洲中世纪君主把土地分给亲信的人，形式跟我国古代封建相似，我国也把它叫作封建。"（《现代汉语词典》）

西周，因为有了"封建"，就分了君臣，分了上下，分了等级，有了不平等。在不平等的社会里，不平则鸣，再怎么样温柔敦厚，即使"乐而不淫，哀而不伤"，一定会有怨怼、呼喊、抗争，会有公开的或私下的议论与批判。

《诗》中的愤怒，不是我们今天"你个狗官""你个混蛋"的直白粗俗，他们说："彼君子兮，不素餐兮。"（《魏风·伐檀》）

魏，在今山西芮城东北，正如朱熹所说："其地陋隘而民俗俭。"那地方的人民，因土地贫瘠而生活艰难，赋税又很重。《鲁诗》有言："履亩税而《硕鼠》作。"意思是当地农民要交双重税，公税之外还要税私田十分之一，所以产生了《硕鼠》那样的诗歌。因而，《魏风》中讽刺、揭露的声音格外响亮。

"彼君子兮，不素餐兮"，在这样委婉的责骂前面，还有铺垫："坎坎伐檀兮,寘之河之干兮,河水清且涟猗……"有声有色,写景绘行,便成了诗。

清代叶矫然说:"诗有为而作,自有所指,然不可拘于所指,要使人临文而思,掩卷而叹,恍然相遇于语言文字之外,是为善作。"

鸱鸮

恍然相遇于语言文字之外。

以后,人们常用"尸位素餐"来形容那些空占着职位而不做事,白吃饭的"大人君子"。

《魏风·硕鼠》则通篇用比,痛斥吃人不吐骨的"大老鼠",表达劳动者对贪得无厌的剥削者的痛恨,以及对美好生活的向往。

同样表达弱者痛苦的呼号和哀诉的诗歌,最著名的莫过于寓言诗《豳风·鸱鸮》。

鸱鸮(chī xiāo)鸱鸮,既取我子,无毁我室。

恩斯勤斯,鬻(yù)子之闵斯。

迨天之未阴雨,彻彼桑土,绸缪牖(yǒu)户。

今女下民,或敢侮予?

予手拮据,予所捋(luō)荼。

予所蓄租,予口卒瘏(tú),曰予未有室家。

予羽谯谯(qiáo)，予尾翛翛(xiāo)。
予室翘翘，风雨所漂摇，予维音哓哓(xiāo)！

猫头鹰啊猫头鹰，你已抓走我孩子，不要再毁我的家。
日夜操劳我多累，养育孩子病又乏。

我趁天晴没下雨，剥些桑树根上皮，修补窗子与门户。
现在你们下面人，看谁还敢欺负我？

我手发麻好疲劳，我采芦花来垫巢。
我还贮存干茅草，我的喙角累出病，还没能把家弄好。

羽毛干干已枯焦，我的尾巴像干草。
我的窝儿险又高，风吹雨打里飘摇，吓得我是吱吱叫！

诗用一个母亲的口吻，痛诉弱肉强食社会中，她被猫头鹰夺走了孩子，毁掉了家，好像现实中无助的母亲，对着"拆迁老大"的哀号：你不要拆了我的房，强占我的土地和田产，不要毁掉我家园！

"未雨绸缪"这个成语，被后世用来比喻要事先做好准备工作，预防意外的事发生。

诗从鸟的生活实际出发，描写生动逼真，扩大了读者的想象空间。大鸟在失去自己子女之后，顽强地修补、固守被毁坏的鸟窝，哪怕"手拮据""口卒瘏""羽谯谯""尾翛翛"，依然不屈不挠，真乃可歌可泣、可敬又可叹。

《孟子·公孙丑上》云："……国家闲暇，及是时，明其政刑。虽大国，必畏之矣。《诗》云：'迨天之未阴雨，彻彼桑土，绸缪牖户。今女下民，或敢侮予？'孔子曰：'为此诗者，其知道乎！能治其国家，谁敢侮之？'"

勤政爱民，未雨绸缪，谁敢侮之？

由此可见，诗为阐发其中蕴含道理，表现手法之灵活丰富。亦可看出，对美好生活的向往，是人类之天性。尽管到了现代社会，很多的愿望也仅只是"乌托邦"，但是，我们依然要不屈不挠，向往光明，追求光明。

同样是写鸟的诗，《小雅·鹤鸣》完全是另外一种风格。

> 鹤鸣于九皋，声闻于野。
> 鱼潜在渊，或在于渚。
> 乐彼之园，爰有树檀，其下维萚(tuò)。
> 它山之石，可以为错。
>
> 鹤鸣于九皋，声闻于天。
> 鱼在于渚，或潜在渊。
> 乐彼之园，爰有树檀，其下维榖(gǔ)。
> 它山之石，可以攻玉。

诗分两章，就鹤鸣于九皋[①]之上，叫声清越响彻云霄，反复吟咏其高洁和不与流俗。而"它山之石，可以为错""它山之石，可以攻玉"，如今我们用来表达一种博采众长的谦逊及追求的孜孜不倦。

---

① 九皋：皋，沼泽地。九，虚数，言沼泽之多。

朱熹《诗集传》说："此诗之作，不可知其所由，然必陈善纳诲之辞也。"认为这是一篇意在劝人为善的作品。程俊英在《诗经译注》中，借毛、郑旧说而加以发展，说："这是一首通篇用借喻的手法，抒发招致人才为国所用的主张的诗，亦可称为'招隐诗'。"有其独到与合理之处。

不管怎么说，它和前面《鸤鸠》一样，皆是"醉翁之意不在酒"。前诗诉说自己的痛愤，此诗表达一种高洁出尘，不愿同流合污的坚贞与孤傲。

鹤，在中国文化中，由此亦成为一种高洁的象征。林和靖暗香疏影"梅妻鹤子"，隐居西湖孤山脚下；陶弘景为死去的鹤写下书法名作《瘗鹤铭》；苏东坡《放鹤亭记》："归来归来兮，西山不可以久留"……其出尘，其萧然，其独善，千古以来，好多君子，虽不能至，心向往之。

鹤

# 绳绳兮

正如一个父亲所生的几个孩子,往往命运迥异,各有各的悲欢离合、各有各的盛衰起伏,西周初期分封的诸侯国,到了东周,到了春秋晚期,有的崛起,有的没落,有的籍籍无名,有的见诸经传。

曹和桧,是两个在《诗经》中发声较弱的国家。桧国,其所在地相当于而今的郑州,约在公元前767年为郑武公所灭,其地亦为郑国所占。所以,《桧风》四篇,有人也看成是郑诗的一部分。

《羔裘》一般被看作是一首政治讽刺诗,全诗表达了身处末世的臣子深切而无奈的心痛及思虑。《素冠》是一首赞美孝子的诗,也有人解读为爱情诗,"即见素衣兮,我心伤悲兮",见到对方身着素衣、容颜枯槁,心中悲伤不已。《隰有苌楚》,"苌楚",今称羊桃,即猕猴桃。表达主人公羡慕羊桃的无忧无虑、没家没室、自在繁荣,自叹不如草木快乐。《匪风》则是游子表达思乡殷切、羁旅愁苦的诗。

曹,朱熹说:"曹,国名,其地在《禹贡》兖州宛丘之北,雷夏菏泽之野。周武王以封其弟振铎。今之曹州,即其地也。"这句话的意思是说:曹国位于《尚书·禹贡》所明确的"九州"之兖州宛丘的北边,相当于而今山东菏泽周围地区,是周武王给弟弟振铎的封地。这地后来叫作曹州。

《曹风》一共四篇，《候人》讽刺好人沉下僚，庸才居高位的现实；《鸤鸠》颂扬"淑人君子"之用心平均专一；《下泉》则慨叹如今周室的内乱与衰微，缅怀周盛之时的好时光。"忾我寤叹，念彼周京"，梦中醒来长吁短叹，深深怀念繁华的周京。

《史记》："十五年，宋灭曹，执曹伯阳及公孙彊以归而杀之。曹遂绝其祀。""十五年"，即曹伯阳十五年，公元前487年。曹伯阳就是姬伯阳，曹国的最后一个国君，正宗的姬姓嫡系。

子孙不争气，祖宗、父亲再厉害有什么用？终究落得个"身死人手，为天下笑"。

> 蜉蝣之羽，衣裳楚楚。
> 心之忧矣，於我归处。
>
> 蜉蝣之翼，采采衣服。
> 心之忧矣，於我归息。
>
> 蜉蝣掘阅，麻衣如雪。
> 心之忧矣，於我归说。
>
> 《曹风·蜉蝣》

诗分三章，咏叹那小小的飞虫蜉蝣。"蜉蝣掘阅"，它挖穴而出，衣服多漂亮，"衣裳楚楚""采采衣服""麻衣如雪"。可是，这么光鲜的外表又有什么用呢？不过朝生暮死，短短一生。看它，想它，你我的归宿不过如它。诗人，可谓"于我心有戚戚焉"。

后来，朝生暮死的蜉蝣，成为中国诗词文章中感叹人生苦短、岁月无常的象征性、标记性的文化符号。

苏东坡在他的《前赤壁赋》里就这样感叹："寄蜉蝣于天地，渺沧海之一粟。哀吾生之须臾，羡长江之无穷。挟飞仙以遨游，抱明月而长终。知不可乎骤得，托遗响于悲风。"

我们像那小小的蜉蝣一样，"人生如逆旅，我亦是行人"，所有的一切，眼下的悲喜，不过是沧海一粟。在这里，苏东坡与曹孟德同，感叹人生苦短、岁月无情，"何以解忧？唯有杜康"。他羡慕长江浩渺无穷，他渴望与明月清风长终，又清楚这只不过是一个梦想。

观景兴怀，范仲淹在他的《岳阳楼记》里这样说：

> 嗟夫！予尝求古仁人之心，或异二者之为，何哉？不以物喜，不以己悲。居庙堂之高则忧其民，处江湖之远则忧其君。是进亦忧，退亦忧。然则何时而乐耶？其必曰"先天下之忧而忧，后天下之乐而乐"乎。噫！微斯人，吾谁与归？

既然人生有限，在这有限的生命里，依然要做一些有意义的事情："不以物喜，不以己悲""忧其民""忧其君""先天下之忧而忧，后天下之乐而乐"。

这是儒家的理想，也是天下读书人的心愿，更是诗要告诉我们的人生道理。

同样地，东晋王羲之在他的《兰亭序》里这样写道："夫人之相与，俯仰一世，或取诸怀抱，悟言一室之内；或因寄所托，放浪形骸之外。

虽趣舍万殊，静躁不同，当其欣于所遇，暂得于己，快然自足，不知老之将至。及其所之既倦，情随事迁，感慨系之矣。向之所欣，俯仰之间，已为陈迹，犹不能不以之兴怀。况修短随化，终期于尽。古人云：'死生亦大矣。'岂不痛哉！"

虽是"况修短随化，终期于尽"，感叹人生苦短，生命有限，但"当其欣于所遇，暂得于己，快然自足，不知老之将至"。生命里，还是有些什么留了下来，悲伤也好，快乐也好，一切明明白白地存在过，让我们忘记老之将至、人生无常。所有的一切，依然以其美丽，以其悠然兴会，以其幻化而不可捉摸的意味，丰富我们的人生，点缀我们的生命。诗云"日就月将，学有缉熙于光明"，虽人生如寄，我们还是要学习，要有追求，要过好这有限的短暂人生。但求无愧于心，无愧于祖辈与后代，无愧于人民与国家。

# 胡不归

式微，式微，胡不归？

微君之故，胡为乎中露？

《邶风·式微》说：天黑了，为什么还不回去呢？因为您的差事的缘故啊，我还在暗夜行路中。表达社会"式微"，国家衰落，苦于劳役的人们对现实不满，他们怀念过去的美好生活。

这个"美好"，就是"郁郁乎文哉"之大周欣欣向荣的文武与成康啊。

那么，还是让我们回到《周南》与《召南》吧[①]。

起初，周武王分封诸侯，是有深刻用意的。西周虽然夺得江山，可是周围强邻环伺，危机四伏。雄才大略周武王，把首都定在镐，坐镇西北，制抑戎狄。把天下最难搞定的三块地，分给了三个强人：姜太公封齐，以控制东夷；周公旦封鲁，以控制淮夷和徐戎；召公奭（shì）封燕，以控制北狄。

周公旦封鲁，本来应该称其为鲁公；召公封燕，应该叫作燕公。可

---

① 朱熹，《诗集传》："吾闻之。凡诗之所谓风者，多出于里巷歌谣之作，所谓男女相与咏歌，各言其情者也。惟《周南》《召南》，亲被文王之化以成德，而人皆有以得其性情之正。故其发于言者，乐而不过于淫，哀而不及于伤。是以二篇独为风诗之正经。"

二人均在武王、成王时管理大周国事，并未就封，由他们的儿子接受封号。尔后，"自陕以西，召公主之；自陕以东，周公主之"（《史记·燕召公世家》）。周王将两块地封给周公旦和召公奭作采邑。采邑不能称国，故编诗者称来自其采邑和主理之地的歌儿为《周南》《召南》。而周召二人，左膀右臂，辅佐周王，德行高迈，教泽流远，所以，《周南》《召南》代表着一种正大雍容的王者之音："《关雎》《麟趾》之化，王者之风，故系之周公。南，言化自北而南也。《鹊巢》《驺虞》之德，诸侯之风也。先王所以教，故系之召公。"（《毛诗序》）

具体而言，周公负责大周内政。相传他制礼作乐，建立典章制度，"周公吐哺，天下归心"。他被尊为儒学奠基人，是孔子最为尊崇的古圣之一，《论语》有言："子曰：'甚矣，吾衰也久矣！吾不复梦见周公。'"

而召公，应该是主持外交，治理诸侯。其功绩卓著，史称"自侯伯至庶人各得其所，无失职者"，因此他倍受百姓爱戴。传说召公曾在一棵甘棠树下办公休憩，后人为了纪念他，舍不得砍伐此树。《诗经·甘棠》就是为此而咏。

> 蔽芾(fèi)甘棠，勿翦勿伐！
> 召伯所茇(bá)。
>
> 蔽芾甘棠，勿翦勿败！
> 召伯所憩。
>
> 蔽芾甘棠，勿翦勿拜！
> 召伯所说(shuì)。

《召南·甘棠》

甘棠

诗分三章，反复咏唱，这甘棠树所在，曾是召伯居住、休憩的地方，所以不要剪不要砍，不要让它衰败。情深如许，源于内心，溢于言表。

朱熹："召伯行南国，以布文王之政，或舍甘棠之下，其后人思其德，故爱其树，而不忍伤也。"

"而不忍伤也"，树犹如此，人何以堪？可谓睹物思人诗之原始。诗中故事，留下"甘棠遗爱""甘棠之思"的成语，我们而今用来表达，对德行高迈的前人的追思与怀念。

为国为民之人，永远活在人民心中。

《毛诗序》："一国之事，系一人之本谓之风；言天下之事，形四方之风谓之雅。"朱熹《诗集传》："国者，诸侯所封之域；而风者，民俗歌谣之诗也。谓之风者，以其被上之化而有言，而其言又足以感人，如物因风动以有声，而其声又足以动物也。"

前一段话说的是：《风》是讲的诸侯国的一家之事，《雅》说的是有关天下四方的周王朝的国家大事。而后一段话是说："十五国风"，就是来自十五个诸侯所封之地的歌儿。"风"是属于民俗歌谣的诗，称它为"风"，是由于这是人们在上层的教化之下而有所表达，所表达出的言论又足以感动人。这就像万物因为风的吹动而发声一样，其发出的声音又能够相应地震动万物。——这段话说出了《风》诗的本质，即以情动人、以情感人、以情育人、以情化人，但也把"风"与封建教化联系起来。

再通俗一点，用清人吴乔的话说："大抵文章实做则有尽，虚做则无穷。《雅》《颂》多赋，是实做；《风》《骚》多比兴，是虚做。"

所以，不管《毛诗序》和朱熹老夫子讲了多少"德化"与"被上之化"，《周南》《召南》和其他风诗一样，首先是发自内心的歌唱。

一篇篇，闪烁其间的，是源于生活而又比生活更美、更为璀璨夺目的真善美的光辉，这就是诗的光辉。因着这光辉，诗情发轫于斯，文化发轫于斯，缀连整个中华历史与中华文明，绵延不衰。因着这光辉，我们今天在吟咏之际，举手投足之间，得以有我们诗意的符号、傲然于世的出众与精彩。

江有汜，之子归，不我以！

不我以，其后也悔。

江有渚，之子归，不我与！

不我与，其后也处。

江有沱，之子归，不我过！

不我过，其啸也歌。

《召南·江有汜》

长江之水决堤又流回；静流积沙洲；改道又成河，你却背弃了我。

不论理解为弃妇诗还是媵妾与嫡妻的故事，我们读到的是深沉的叹息，自然和婉的抒发，发于心底的歌唱，朴素而深情。

摽(biào)有梅，其实七兮。

求我庶士，迨(dài)其吉兮！

摽有梅，其实三兮。

求我庶士，迨其今兮！

摽有梅，顷筐墍(jì)之！

求我庶士，迨其谓之！

《召南·摽有梅》

诗用"摽有梅"起兴，委婉而大胆地求爱，暗示对方追求要及时，"劝君莫惜金缕衣，劝君当惜少年时。花开堪折直须折，莫待无花空折枝"。先民的首唱之作，比唐诗更为质朴清新。

> 参差荇菜，左右采之。
> 窈窕淑女，琴瑟友之。
> 参差荇菜，左右芼之。
> 窈窕淑女，钟鼓乐之。
>
> 《周南·关雎》

在人生的漫漫长路，我们缓缓而行，且行且吟："琴瑟友之""钟鼓乐之"，有歌有诗，有礼有乐，有情有义，雝雝喈喈，和鸣将将。

需要翻译吗？不需要了。这些在耳在心的诗行，如明星般闪亮，照亮我们人生的长路。又如同绵绵不尽的群山与滚滚向前的大江，是祖先为我们留下的，永恒的绵延。

最后，用扬之水先生的一段话，来作为我们这次诗经之旅的尾声吧：

> 河山不总是依旧。比起来，文字的生命反倒最长久——河山孕育出来的诗，不是成为一个永久的存在？
>
> 生命和它一样永久的金石，可以做证。

# 唯有诗情真国色

"宣統三年[①]，上海掃葉山房石印"，在我十二岁的那年，爸爸给了我一本朱熹序并集注之《五彩绘图监本诗经》[②]，这是劫后的余辉，是爸爸众多藏书中唯一没有被毁掉的一本。

它一直跟着我，跟了三十多年了，而且会一直跟下去，直到我不在。

我的孩子，而今整天面对电脑的孩子，估计很难有兴趣来翻看这样的古董了。

我想说，万物都有自己的命运，以后它会到谁手里，谁会来看它，不是我能知道的。我能做的，不过是珍惜与它共处的时光，善待它，读它，背它，抄它，说它，不辜负它。这样，不知道算不算物得其所？

亦可以告慰送我此书的老父亲吧。

和大多数人一样，系统接触《诗经》，是在中学的课堂上。老师教我们背："硕鼠硕鼠，无食我黍！三岁贯汝，莫我肯顾""坎坎伐檀兮，置之河之干兮，河水清且涟猗"……哦，《诗经》是这样充满战斗性的

---

[①] 宣统三年，1911年，岁次辛亥。
[②] 监本指国子监的印本，或者以此作为底本翻印的书。

文字呀：骂土豪，斥权贵，谴责不劳而获的寄生虫！

爸爸给的《诗经》，静静躺在案头，我偶尔翻翻。虽然偷偷看书，认识了很多繁体字，可《诗经》上的字，还是有太多不认识，常常拿起又放下了。成年以后，硬着头皮，慢慢一篇篇对照着朱熹的注看下去，渐渐看出味道来。

原来，《诗经》，不光是教科书上的那个样子啊。

还记得某天，看朝鲜电影《无名英雄》，听到女主人公朗诵这首海涅诗：

> 我笑着走在这条路上
> 
> 我笑着走在沙漠中央
> 
> 何处是我安息的地方
> 
> 是美丽的莱茵河畔
> 
> 还是南国的棕榈树旁
> 
> 我将被陌生人的手
> 
> 葬在一片荒凉的地方
> 
> 我走啊走
> 
> 我往哪儿
> 
> 白天依阳光为伴
> 
> 夜晚星辰为我照亮
> 
> 我走啊走——
> 
> 走向我要去的地方

原来，海涅并不是光会念"我们织，我们织"的那个战斗诗人啊。

《诗经》当然也不仅仅是"彼君子兮，不素餐兮"的单一倔强。

你读："桃之夭夭，灼灼其华""青青子衿，悠悠我心""凯风自南，吹彼棘心""定之方中，作于楚宫""云谁之思，西方美人"……这里，有山水、土地、植物、动物、人民，有火辣辣活生生的生活，温情脉脉，浓烈又忧伤，雍容又奔放。

这里，如画卷徐徐展开，是中华民族抒情史的序幕。

难怪孔子说："不学诗，无以言。"

我们本是中国人，要知道我们的来处，根本。

我们要读诗、学诗。

诗之所以打动我们，必定是触动了我们心底的柔软，使我们明了生命的意义，深深懂得我们来到这个世界，可以活得好一些，美一些，优雅一些，性情一些。

正如沈括所言，韩愈的诗，只是押韵的散文。而韩文，汪洋的气势，真挚的情感，在很多人看来，却是不押韵的诗。

什么是诗？我们的生活，可以没有诗吗？游离于日常的一饭一粥，不食人间烟火，貌似高雅，强为诗人，可以吗？

读《红楼梦》，天生的诗人黛玉，有"一畦春韭绿，十里稻花香"的清新，也有"一年三百六十日，风刀霜剑严相逼"的透彻，如此出尘的人物，并不刻意酸腐。

没有生活，也就没有诗。诗，不是无病呻吟，不是空穴来风。诗，有贴近生活的笃实，又有离开生活的玄妙。

刻意不是诗。诗是花开花落间的吟唱，云卷云舒中的放歌，是自然绽放于我们心田的那朵玫瑰。

诗，是以文字为载体，具备音乐的韵律与节奏，存在于人间的大爱与大美。李白的飞扬与浪漫，杜甫的悲悯与沉郁，罗伯特·彭斯的纯朴乡土，纪伯伦的深邃哲理……无不真切动人。一己之私不是诗，诗应该说些我们人类共同的东西：爱、悲悯、感动、疼痛与哀伤。

诗，不会式微消亡。

诗，与朝代的兴亡并不直接关联。最理想的状态，是《诗经》中的人民，是唐人，他们把生活吟咏成诗，又在诗中歌唱、生活。

德国哲学家海德格尔的生活理想是：诗意地栖居。在这一层面，他和我们的祖先不谋而合。也可以说，他终究探寻并回归到了我们的《诗》所提倡的、真正属于人的、有着诗意和诗情的生活。

如果可能，愿我们的生活如诗；如果可能，愿我们在生活中行走、吟咏、歌唱，追寻生命的意义。

我们需要诗，需要在静夜里，倾听心底花开花落的声音；需要在清晨，推开山窗，遥望苍穹，把星子揽入怀抱；需要在午后蓝天白云下，草原的尽处，听马头琴咿呀传来；需要万里无云天空寥远、小河淌水彩云之南；需要黄山松、武夷峰、峨眉雪、彭蠡烟、洞庭月……

"小桌呼朋三面坐，留将一面与梅花"——有诗的世界，以诗为伴，多好的呀。

# 参考文献

1. 朱熹集注，《五彩绘图监本诗经》，宣统三年（1911），上海扫叶山房石印。
2. 姚际恒，《诗经通论》，中华书局，1958.
3. 王先谦，《诗三家义集疏》，中华书局，1987.
4. 朱熹，《诗集传》，上海古籍出版社，1980.
5. 陆玑，《毛诗草木鸟兽虫鱼》，中华书局，1985.
6. 马瑞辰，《毛诗传笺通释》，中华书局，1989.
7. 方玉润，《诗经原始》，中华书局，1986.
8. 王夫之，《诗经稗疏》，船山全书（第三册），岳麓书社，1992.
9. 陆文郁，《诗草木今释》，天津人民出版社，1957.
10. 班固，《汉书》，中华书局，2006.
11. 司马迁，《史记》，中华书局，2007.
12. 左丘明，《左传》，中华书局，2007.
13. 段玉裁，《说文解字注》，华中师大出版社，1986.
14. 杨树达，《积微居小学述林》，中华书局，1983.
15. 闻一多，《诗经通义》，湖北人民出版社，1993.
16. 吴楚材、吴调侯，《古文观止》，岳麓书社，1980.
17. 李泽厚，《美的历程》，天津社会科学院出版社，2001.

18. 沈从文，《龙凤艺术》，北京出版集团，2010.

19. 朱光潜，《诗论》，北京出版社，2002.

20. 程俊英，《诗经译注》，上海古籍出版社，2006.

21. 余国庆，《诗经选译》，黄山书社，2007.

22. 程俊英、蒋见元，《诗经选译》，凤凰出版社，2011.

23. 扬之水，《先秦诗文史》，中华书局，2009.

24. 扬之水，《诗经名物新证》，天津教育出版社，2012.

25. 扬之水，《诗经别裁》，中华书局，2007.

26. 金启华，《诗经全译》，江苏古籍出版社，1984.

27. 姚奠中，《诗经选译》，商务印书馆，2013.

28. 李纯一，《先秦音乐史》，人民音乐出版社，1994.

29. 李先耕，《〈小雅·都人士〉臆解》（《文史第十八集》），中华书局，1983.

30. 郭沫若，《殷周青铜器铭文研究》，人民文学出版社，1954.

31. 冯光生、谭维四，《曾侯乙编钟的发现与研究》（《曾侯乙编钟研究》），湖北人民出版社，1992.

32. 刘义庆，《世说新语》，上海古籍出版社，2013.

33. 周南泉，《玉礼器》，蓝天出版社，2009.

# 附　录

## 十五国风

| | |
|---|---|
| 周南<br>召南 | 周公封鲁，召公封燕，可二人均在武王、成王时管理周之国事，并未就封。尔后，周王将两块地封给周公旦和召公奭作采邑："自陕以西，召公主之；自陕以东，周公主之。"(《史记·燕召公世家》) 采邑不能称国，故编诗者采来自其采邑和主理之地的歌儿为"周南""召南"。 |
| 邶风<br>鄘风<br>卫风 | 周灭商后，周武王"以商治商"，将纣的京都沫（今河南淇县西北）附近地区封给纣的儿子武庚禄父，并将其地分而为三：北为邶（今河南汤阴县东南），南为鄘（今河南卫辉东北），东为卫（今河南淇县附近）。武王派他的三个弟弟管叔、蔡叔、霍叔分别守卫三个地方，以监督武庚。武王死后，成王年幼，武庚叛乱，周公率兵镇压，诛武庚，杀管叔而放蔡叔，废霍叔为庶民。接着又合并三地为卫，连同原殷民一起封给康叔，号卫君。 |
| 王风 | 周东都洛阳附近。成王时，周公旦开始营建洛邑，为时会诸侯之所。幽王灭，平王迁都洛邑，因无力驾驭诸侯，地位等同于列国，所以不叫"雅"，而称"王风"。 |
| 郑风 | 陕西咸林附近。周宣王封给自己的弟弟姬友，后又并吞虢和桧，都郑州。 |
| 唐风 | 尧旧都。周成王封其弟叔虞为唐侯，其诗不称"晋"而称唐，盖其始封地也。都太原。 |
| 齐风 | 封给异姓王姜尚，史称齐太公、姜太公。齐是春秋时期的大国，都临淄。 |
| 魏风 | 禹舜故都，其地在山西芮城东北，周文王封同姓子弟于此，后被晋并吞。 |
| 秦风 | 平王东迁后崛起，周平王封秦襄公为诸侯，以牵制犬戎，即有岐、丰之地。都咸阳。 |
| 陈风 | 太昊伏羲氏之墟，堪称中华文明的发祥地。周武王下车伊始，第一个分封的诸侯国，帝舜嫡系子孙。定都汶上，后迁都宛丘（今河南淮阳）。 |
| 桧风 | 高辛氏火正之墟，河南密县东北一带，溱洧之间，都郑州。后为郑所灭，因此桧风也可看做郑诗。 |
| 曹风 | 周武王封其弟振铎，今山东荷泽一带。 |
| 豳风 | 周之祖先所在地，公刘率族人迁徙于此，为今陕西旬邑、彬县一带。 |

十五国风地理图（据《五彩绘图监本诗经》）